文春文庫

下着の捨てどき

平松洋子

文藝春秋

目次

II　夜中の腕まくり　69

III　下着の捨てどき　145

下着の捨てどき

単行本　二〇一六年七月　文化出版局刊
文庫化にあたり、『彼女の家出』を改題、
大幅に加筆修正いたしました。

Ⅰ　彼女の家出

おとなの約束

「ひどいじゃないかあ、ひどいじゃないかあ」

大声で泣きながら、道端で仁王立ちになって男の子が顔をまっ赤にしながら泣きわめいている。おてんとうさまの下、あたりを憚らず繰り返す少年の「ひどいじゃないかあ」は、まるで芝居の科白のようで笑いを誘うのだが、当の本人たちにとっては笑っている場合ではない。

若いお母さんが、うんざり顔で隣に突っ立っている。

「だから、ごめんって何度も謝ったじゃないの。いい加減にしないとお母さん怒るわよ。ぜったい夏休みに連れていってあげるから。約束する」

謝ったり、恫喝したり、懐柔したり、お母さんは忙しい。自分のほうに落ち度があることは重々承知しているが、ここは納得してもらわねば困る。そんな気合いが言葉の端々にこもっている。ディズニーランドかしら、キャンプかな。少年の憤りは痛いほどわかるが、まあ世のなかには大人の都合というやつも山ほど転がっているのです。涙と鼻水で顔がぐしゃぐしゃになった男の子がかわいくて、せつなくて、こころのなかで「がんばれ、強くなるんだよ」と念を送りながら、脇を通り過ぎた。

そのあとも、泣き濡れた男の子の顔が焼きついて離れなかった。どうしてこんなに忘れられないのだろうと訝しみながら、ふと思ったのだ。「ひどいじゃないかあ」、腹のなかから叫んでいることが、とてもうらやましかったのだ。

諦めが早くなったのか、約束を違えられても、あまり腹が立たないようになった。いつのまにか癖がついてしまったのか。いやいや、違う。ものわかりがいいふりを装っているだけなのだ。余計ないざこざは避けたいし、なにより自分が嫌な気持ちを味わわないように耳を覆っている……玉ねぎの皮を剝くようにして自分を剝いていったら、だんだん情けなくなってきた。

お互いさま、という気持ちがある。先方だって約束を破ろうと思って違えたわけではないし、意に反して大人の事情が勃発することも起こる。いつ自分も同じ立場に立つとも限らないわけで、きちきちとした人間関係を迫らず、ある種の緩さを含んでおくのも大人の処世術なのだ。知らず知らず、学習と経験によって身についてしまった世渡り。「ひどいじゃないかあ」のまっすぐさから、ずいぶん遠いところに来てしまった。

守れなかった約束、守られなかった約束。つい昨日も謝りの電話を入れたばかりだ。すみません、今日伺う約束だったのですが、ばたばたしておりまして、閉店時間までに間に合いそうもありません。あらためて後日取りに伺います、申しわけありません――洋服のリフォームの仕上がりである。急いで欲しいと無理に頼みこんだくせに、ちゃんと約束の日に引き取りに行けなかった。ぺこぺこと何度も頭を下げ、ひっそりと電話を切る。

この手の失態は、家庭では枚挙にいとまがない。週末に巻き寿司をつくるという約束↓当日にわかに面倒になり、ごはんを炊くだけに変更。植物園に椿を観にゆく約束↓差し迫った仕事が終わらず、先延ばし。新しい辞書を書店で見比べ、買ってくる約束↓時間がなくて忘れ、しじゅう家人に迷惑をかけている。苦笑いしながら、ハイハイ毎度のことですねと受け流してくれる寛容さには頭が下がるいっぽうだ。いや、はなから期待されていないかもしれないが。

約束は、破ったほうより破られたほうが覚えているものだというけれど、あながちそうとも限らない。「あの約束、この約束、ずっとそのままになっている」。でも、お互いに見て見ぬふり。

「約束」という言葉を聞くと、蘇る映画がある。斎藤耕一監督、石森史郎脚本「約束」(松竹)。主演は岸惠子と萩原健一。一九七二年の作品で、わたしは大学生のとき、飯田橋ギンレイホールという名画座で観た。当時二十二歳、萩原健一の出世作として話題を呼んだ映画にふさわしく、封切りから数年経っているのにずいぶんお客が入っていたのを覚えている。

哀切で、美しい映画だった。岸惠子は服役中の女囚で、看視官につき添われて仮出所中の身。母親の墓参りのために列車に乗っているとき、ひとりの男に出会う。傷害と現金強奪事件を起こし逃亡中の萩原健一。男は女にしつこくつきまとい、やがて女は信頼を寄せるようになる。そして列車が土砂崩れのために停車したとき、ふたりは手を取り合って外へ逃れ、抱き合う。戻った刑務所の前で、刑期を終えたのちの再会を約束してふたりは別れるのだが、男は逮捕されてしまう。二年後、自由の身になった女は、ふたたび逢おうと約束した公園で男を待ち続ける——萩原健一の荒削りのみずみずしさ、岸惠子の抑制のきいた情動、そしてフランス映画を意識した美的な演出がこころ憎かった。なぜか、いまでもわたしは、ひとり公園で男を待ち続ける女の佇まいを忘れられず、たった一度だけ観たラストシーンが胸に刺さりつづけている。

約束に浅いも深いもないものだけれど、ひとは「ひどいじゃないかあ」の叫びをぐっと嚙みしめながら生きるのだと、あのとき映画に教えられたのかもしれない。

知らんふりの練習

台所で包丁の音がする。土曜の朝、居間でのんびり新聞を読んでいると、連れ合いが台所に立って料理をはじめたようだ。構わずそのまま新聞を読み続けようとするのだが、だんだん気になってくる。今日は遅めの朝食にしよう、新聞を読み終えてからゆっくりつくろうと心づもりをしていたのだけれど、痺れを切らしたのかしら。そのまま任せておけばいいものを、なにをつくっているのか、覗きにいきたい衝動に駆られる。

でも、自分で自分に両手を広げて制止する。

（ここは知らん顔）

気にかかるといえば聞こえがいいが、じつのところ、手前勝手な干渉ではないのか。誰だってひとりで料理を楽しみたいときがあるだろう。ひそかに自問し、鷹揚なふりをするべく、新聞にふたたび視線をもどす。

料理なら自分のほうが、という優越感がどこかにあるのだ。ずっと台所仕事は自分がやってきたという自信とか自負とか責任感とか、そんな上から目線の感情。けれども、それはちがうという気持ちもある。台所仕事はそのときどきやれる者が引き受けるほうが身軽だし、風通しがいい。近年連れ合いがすこし仕事が楽になって時間に余裕ができはじめ、しきりに台所に立つようになった。その様子を見ていると、おのずと家事配分のバランスシートが変化しはじめていることに気づく。さらにはつくる料理も少しずつ変わってきたようで、スパゲッティやうどんなどの一品料理がぐっと減り、なんでもないおかずが増えてきた。魚の煮付け、牛肉とごぼうのしぐれ煮、青菜の煮浸し……魚屋や八百屋での買い物を楽しんでいるふしもある。だからこそ、これまでわたしが背中にしょってきた台所にまつわる自意識など捨て置きたいと思うのだが、これが意外にハードルが高い。

好奇心に背中を押され、やっぱり覗きにゆく。

「なにつくってるのかなーと思って」

さりげなさを装って訊くと、玉ねぎのせん切り中である。

「玉ねぎのサラダが食べたくなって」

「わーうれしいなあ。よろしく」

エールを送りつつ、手もとをちらりと見て、内心あせる。

(ずいぶん太いせん切りだ)

きっと水にさらしても辛いままだろうなあ。ひそかに思い、もうちょっと細く切るといいかもねなどと声をかけるのだが、はっと気づくと、「ほらこんなふう」と包丁を握っていたりする。いくら自分がやったほうが早いと思っても抑えなくてはと誓っていたのに、その我慢ができない。どうせならおいしいものが食べたい自分の執着心も露わになり、がっくり。

待つというのは子育て中いちばんの難関だった。「はやく、はやく」。うっかり口走ってしまうのは、こどもが「はやくできない」のではなく、自分が「じっくり待てない」だけのことなのだ。待っているときこそ、相手はおのれのちからで殻をこつこつ破っている最中だというのに。

仕事仲間のひとりに、つい半年まえに結婚した三十代の男性がいる。妻は銀行勤め、家を買うまでは共稼ぎでがんばりますと言う。独身時代はずっと自炊をしていたから僕は味噌汁もつくれるのですが、と前置きしたのち、ちょっと困惑した表情になった。
「僕が台所に入ると、妻が嫌がります。道具や調味料の置き場が狂うからというのが理由なのですが、どうも台所を自分の場所として確保しておきたいらしいんですね、あれは。おたがい忙しいのだから妻に料理を任せてしまうのは申しわけないし、だから僕もいっしょに台所に立ちたいのですが」

いまどきの三十代男子は人間ができているなあ。感心しながら、ふんふんそれで、と先を聞く。

「このまえの日曜日、今日はおれに一品任せてちょうだいと宣言して、野菜炒めをつくりました。ところが、です。いやー、隣でうるさい、うるさい。『あっ、もやしを入れるのが早すぎる』『ピーマンは今だ!』『塩はもっと!』、まるでコートの脇で檄を飛ばす猛烈コーチです。できたときにはもうへとへと」

笑っちゃ申しわけないが、思わず苦笑い。わかる。どっちの気持ちもよくわかる。

「すっかり懲りたので、もう料理は妻に任せることにしようと思っているんですよ」と言うから、わたしはあわてて待ったをかけた。ここはひとつ、長い目で見てやってください。今は肩にちからが入っていても、五年のち、十年のち、またはこどもが巣立ったのち、入れ替わり自由な台所の心地よさに気づくはずだから。ほら、「鉄は熱いうちに打て」という箴言《しんげん》もある。

待つ。委ねる。任せる。いっけん腰が退けているように思えるけれど、じつはちがう。待つ、委ねる、任せる、いずれも相手の独立独歩を応援する態度でもあるのだ。だから、ぐっと我慢して知らんふり。ひとり立ちの練習問題は、おたがいさまなのである。

拡大鏡は見た

五十を過ぎてから、あまり日用品を買わなくなった。「モテキ」があるように、人生にはひとそれぞれに濃い時期があるらしい。わたしについていえば、五十までは「カイモノキ」、そして現時点で「カイモノキ」はお休み中だ。ああだこうだと格闘しながら探し、選び、ものを買ってきたわけだが、いまは、それらと対話を重ねながらじっくり関係を強化する時期にある。

つくづく買い物の本質は、「ものを探す＝自分を探す」。だとすれば、いまは「探した自分をじっくり検証する」ためのインターバル期間なのだろう。甲羅のなかに手足をいったんひっこめ、この先の進路を手探り中でもある。

そんななか、いまだ！と狙い定めて買ったものがひとつ、ある。

拡大鏡である。

使いはじめたら、拡大鏡のない生活はかんがえられなくなった。最初に買った拡大鏡は、吸盤を壁面にくっつけて固定させていたのだが、重量に耐えかねて吸盤がずれ、鏡ごと落下して割れてしまった。わたしは自分でも意外なほど動揺し、目前の締め切り仕事を放りだして二代目の拡大鏡を買いに走った。

拡大鏡が必要になった理由は、いちじるしい視力の低下だ。年々歳々、目に見えて視力が右肩下がりになってゆき、眼鏡をかけなければ困るようになった。こどものころから眼鏡とは縁のない生活をしてきたので、日常生活がぎくしゃくする。新聞や本を読むとき、仕事をするときは眼鏡がなければ話にならないが、わたしがもっとも当惑したのは、「化粧をするとき、眼鏡をかけないと細部が見えなくなった」という事態である。

いったいどんな策を講じたら、眼鏡をかけたままアイライン引きやマスカラ塗りの難所を切り抜けられるのか。自然なアイラインは睫毛と睫毛のあいだを埋めるようにして描くべし、と雑誌などに書いてあるから従おうとしても、眼鏡をはずせば細部が見えない。思いあまって眼鏡なしで挑戦し、事後に眼鏡をかけて確認してみると、ヨレヨレの情けない結果を発見してやり直し。

わたしは、かんがえた。化粧におけるこのシビアな課題の解決法はないものか。悶々とすること数ヶ月、ふとしたとき妙案が浮かんだ。

鏡のほうで拡大して見せてくれればいいのでは？

だめ押しの事態が、さらに出現した。歯磨きである。

しばらくぶりに歯科の扉を押した。治療の途中でそのままになっている歯があり、さすがにこれ以上放置しておくことはできなくなって病院を訪れると、こまやかな治療のあと、日ごろの歯磨きの大切さをじゅんじゅんと説かれた。あらためて教わる歯ブラシの動かしかた、歯間ブラシの使いかた、歯茎のマッサージ法。そのとき、歯のようすを克明に映しだしてくれたのが拡大鏡だった。

「歯の裏側までじっくり観察することもだいじな歯のケアですよ」

歯科衛生士がライトを一段階ぐっと下げ、ハイと拡大鏡が手渡された。口中へ向けて歯列を映しだすと、わたしは珍しいものでも見るような気持ちになった。ふつうの鏡では決して見ることのできなかった自分の歯の細部が、大迫力のワイドスクリーンに映しだされている。歯のすきま、歯の根もと、歯茎の色……うれし、恥ずかし、口腔内のすべてがくっきり。微妙な歯茎の腫れにいたるまで明るみにでた。この現実を受けとめてこそ自分の歯のケアがスタートするのだから、目をそらすわけにはいかない。いよいよ追いこまれ、意を決した。

拡大鏡を買おう。

ただし、拡大鏡は、どこにでも売られているわけではなかった。そもそも種類が少なく、ちゃちなおもちゃにしか見えない製品も出回っている。そのなかから目星をつけたひとつを手にとり、わたしは店頭でおずおずと覗きこんでみた。

あああっ。

腰が抜けそう。鏡のなかにいるのは自分じゃない。しかし、うしろを振り返ってみても、そこにはだれもいない。

最初に浮かんだ言葉は、これだ。

「ひとは見たくないものは見ないらしい」

これまでわたしは、毎日鏡を覗きながら、なにも見てこなかったのである。


拡大鏡を見るとき、覚悟のほかに必要なものは、少しばかりの慣れ。鏡の表面こそ平板だが、拡大鏡が映しだす画像には焦点距離があり、そこをはずすと全体がボケて歪む。つまり、狭い範囲でしか像を結ばない。近づきすぎても、離れすぎても、ぼんやり霞んでしまうので、何度も見るうちに慣れるほかない。等身大・等倍がそのまま平坦に映るふつうの鏡より、映りかたに少し工夫がいる。

とまあそんな具合で、洗面所に取りつけた拡大鏡をおずおずと覗いてみたら、いきなり尻子玉を抜かれた。

十倍のでかさの右の眉毛。もちろん自分の持ち物なのだが、どこか遠い惑星に生育している植物のようだ。海辺の岩場あたり、もぞもぞ蠢く腔腸動物のようでもある。しかし、こちらが動くとあちらも動くので、やっぱり自分の眉毛だ。気を取り直して凝視すると、無残のひと言。それなりに手入れをしていたはずなのに、これは荒野のサボテンだろうか。脇からひょろんと突きでた長い一本、ないはずのところに顔をだしている短い一本。眼鏡なしの手入れは、こんなに恐ろしいものなのか。あわてて顔を横移動させ、左の眉毛を映しだしてみると、ほぼおなじ状況が露呈し、さらに動揺する。

　こわいもの見たさが勝って、そろそろと目尻のほうへ視線を移すと、そこには、ないと思っていたものがある。無数のちりめん皺。もちろん、左右の目尻ともに平等である。いつのまにこんなものが？　しかもこんなに？　迂闊であった。

（見たくないから、見ないふりをしてきただけじゃないの？）

　わたしは現実を受けとめるのに精一杯だ。

　視力が落ちるというのは恐ろしいことであった。見ているつもりなのに、ぜんぜん見ていない。見たいものも、見えないことにしてしまう。その結果、見たいものだけ見て、見たくないものにはフタをしている――こどものころからずっと視力がよかったから、視力の衰えを認めたくない気持ちが潜んでいることも発覚した。

　わたしはうなだれた。初対面のものが多すぎて、立ち直るのに時間がかかりそうな気がする。

　翌朝。顔を洗いに洗面所に入ると、「おはよう」と拡大鏡が声をかけてきた。一瞬顔をそらしかけたが、意外なことに、ひと晩過ぎたら免疫ができたようだった。

（こうなったら）

こんどは好奇心いっぱいに覗きこんでみた。ほんとうは、知りたいことは山のようにある。

肌のしみ。毛穴の大小。皮膚のたるみ。口を開けて、歯列の上下。リアルという言葉が、これほど身に沁みたことはない。いちいち嘆息をつきながら、あるはずのなかった無数のしみを確認し、物理の法則に従順な皮膚の現在を凝視する。あーんと口を開けて歯列に視線を注ぐと、エナメル質の傷から歯茎の色までくっきり。自分の歯を一本一本、自分の意志で表から裏側まで観察したのは人生ではじめての経験である。

無残であった。でも、どこかに爽快感もあった。十倍に拡大された実物のかずかずに自分の現実を教えられて嘆息しながら、同時につぶやいていた。

（この日が来てよかった）

この衝撃をひとり占めするのはもったいなく、居間で新聞を読んでいる連れ合いの肩を叩いて、「おもしろいものが見られるよ」。全力でオススメしてみた。すると、最初は「そんなものは見たくない」と渋っていたが、好奇心に勝てなかったらしく、新聞を一紙読み終わったところで「じゃあ」と腰を上げて洗面所に向かった。数十秒のち、「うおー」と恐ろしげな声が上がったので、どうやらわたしとおなじ展開をみたようだった。拡大鏡の威力の前に、男も女も立場を失うばかりである。

ひとを一喜一憂させる買い物がある。わたしは鉦《かね》や太鼓を叩いて世間に知らせて回りたくなった。

おなじ年まわりの者が集まると、だんぜん登場回数が多くなる言葉がある。

A「えーとほら、アレ」
B「なんなのよ、アレって」
A「あーもー、だからアレよアレ」
C「アレアレって、さっきから二人ともソレばっかり」

ぜんぜん会話が進んでいない。

指示代名詞「アレ」や「ソレ」が頻出しはじめると、(お、来たな)と思って身を起こす。「アレ」を連発する当人を置いてけぼりにせず、その場にいる全員が協力体制をとって「アレ」の正体を捜索するのである。身に覚えがあるから、みんな一致団結。当人から周辺情報を集め、それを頼りにスマートフォンを片手に調べにかかる者もいる。そうこうするうち、誰かが叫ぶ。

「あ、わかったー! ○○でしょう!」
「そうそう、ソレソレ」

めでたく着地。「アレ」の正体がつまびらかにされ、いっせいに安堵のため息を洩らしながら喜び合う光景はいつものお約束である。顔ぶれや話題が違っていても、つねに抜群のチームワークが発動されるのが可笑しい。

　みんな、ひとごとではないのだ。「アレ」「ソレ」を連発するひとの前に鏡を立てかければ、映しだされるのは自分のすがたかも。明日どころか、一瞬のちは我が身だとわかっているからこそ、ともに「アレ」の正体に取り組む。つい先だっておなじ事態に遭遇したときは、「ごめん。もういい。忘れてちょうだい」と気弱な当人に、「あきらめるな」「いっしょにがんばれ」と励ましの声が飛んだ。

　だんだん自分の気持ちに実体が追いついていかなくなる。しかも、その事態に自分では気がついていないことも多い。最近思うのですが、こういうときは、あっさり指摘してもらえたほうが、むしろすっきりしますね。残念だなあ、まずいよなあ、言いづらいよなあ、と遠巻きに眺められたり遠慮されるより、さっぱりと伝えてもらうと話が早いし、ありがたい。これはわたしの気性かしらと思っていたら、似た意見のひとも少なくないようで、早朝の公園でうれしくなってしまった。

　すぐ隣のベンチで、早起きのおじいさん二人組が話している。早朝は空気が澄んで、町の音がなりを潜めているから言葉がくっきりと粒だって耳に入ってくる。

「うちのばあさん、最近皿洗いが汚ねえの。きのうの夜も、朝食った目玉焼きの黄身が皿にこびりついててさ、黄色い絵の具がくっついてんのかと思って、びっくりしたよ」

「うちも似たようなもんだ。トシ食うとな、しかたないよな。でも、黙ってると一事が万事になっちまうからこわいぞ。早いとこ言ってやれよ。ばあさん、はっとした顔するから」

「なるほどな。おれね、じつは皿洗いは半分やってんだ。そのぶん言いやすいぜ」

年長者の言葉には、やっぱり聞くべきものがある。「黙ってると一事が万事になっちまう」。ほんとうにその通りだ。朝陽を眺めながら、小学校のとき習った格言も思いだす。鉄は熱いうちに打て。

洗っているつもりの皿が、じつは洗えていないのは、「洗えているように見える」からなのだ。おなじような話は、あちこちで聞く。友だちは、「洗えてない」「いやちゃんと洗ってる」の押し問答が壮大な夫婦げんかの発端になったとこぼしていたっけ。

拡大鏡を買って洗面所に設置してからこっち、前に立つだけで自分のアラがわかるという革命的な進歩を経験した。もはや拡大鏡なしでは暮らしていけないが、あるときはっとした。風呂に浸かっているとき、疑念が浮上したのである。本を読んだり仕事をしたりするとき以外は眼鏡をかけないわたしは、眼鏡なしで風呂掃除をしている。ということは……。

図星だった。おずおずと眼鏡をかけて風呂場に入り、おっかなびっくり隅々をにらんでみると、またしても「ああっ」。ないはずの汚れ、黴《かび》の兆し。見えているつもりになっていたが、見たいものは見えていなかったのである。

ときどき荒療治

「骨折のことならなんでも聞いて。あたし骨折のプロよ」

友だちから電話がかかってきた。秋晴れの日、メールで「きのう足の指の骨を折っちゃった」と報せると、あわてふためいて連絡をくれたのである。

まず状況説明からはじめることにした。

正確には左足親指の亀裂骨折。折れきってはいないが、大きなひび。週末に台所の掃除をしている途中、ほんの一時しのぎのつもりでシンクのふちにまな板を掛けて置いた。いちばんでかくて重い、檜のまな板。こんな不安定な置き方をしたら危ないな、と思ったそのとき、はみだした端っこに肘が触れて傾き、そのまま落下して左足の親指をまな板の角が直撃した。素足をどすんと直撃した激痛は言葉にならないほどだったが、腫れっぷりがすごかった。親指がみるみる風船状にふくらみ、触ると火の玉のように熱い。これはさすがにまずい。休日診療の病院に転がりこむと、整形外科医が「ほら、見てごらん。斜めにきれーいに白い筋が入ってるでしょ。これ、骨にひびが入ってるの」。レントゲン写真を指差しながら教えてくれた。

人生初、骨関係の事件である。中学のころ運動部の男子が骨折した脚を石膏で固められ、何ヶ月も松葉杖をつきながら歩いていた姿をなぜか思いだした。あの子はたしかバスケット部で、試合中に相手チームのメンバーと衝突して脚の骨を折ったのだったなあ。夏は蒸れて地獄だと言っていた。

いまはね、こういう便利なものがあるんですよ。そう言いながら整形外科医が取りだしたのは薄い板状の簡易石膏で、湯に浸けて柔らかくしてから指のかたちに合わせてカットし、一部分だけガードすればいいという。熱心に一時間あまり苦闘したのち、ひと差し指を副え木に見立てて親指のまわりにプロテクターを制作してくれた。そのうえ、ずれないように左足全体からくるぶしにかけて、包帯でぐるぐる巻きである。とうぜん靴は履けないから、松葉杖が貸与された。

ここまでふんふんと静かに聞いていた友だちが、すっとんきょうな声を上げた。

「えっ、まさか松葉杖ついてるの⁉」

「うん。わたしだって、がんばるときはがんばろうと」

彼女は、このわたしに松葉杖をつける技術があるのか、あるわけないだろうと苦笑しているのである。ご明察だ。そのがんばりが有効だったのは二時間だけ。松葉杖は脇で固定すればおしまいではなく、脇の下に置きながら、腕の筋力をフル活用して運用する道具だとはじめて知った。弱気になっているところに腕の筋力を大幅要求され、松葉杖が第二の骨折を呼びこみそうで、あえなく断念した。

「ほらね、想像通りだ」

ぐうの音もでなかったのは、子どものころから何度も骨折を経験している彼女のアドバイスに絶大な説得力があったから。

「バランスの悪さを身体全体で庇うことになるから、そのうち体幹が崩れてくる」

「体幹が崩れると、骨盤や背骨がずれて身体がゆがむ」

「筋肉も緊張するから、ストレッチ運動を欠かさないこと」

いやあ、そんなところまで想像する余裕もなかった。体幹、骨盤、筋肉、言われてみれば、なるほどとうなずくことばかりだ。骨折期間中、彼女は整体やマッサージに通うのだという。

「痛みを庇うために身体全体がゆがんでしまうから、骨はくっついても、ほかの骨がゆがむというわけ。上手に庇いながら、姿勢をまっすぐに近づけるように努力してみてね」

おとなしく耳を傾けながら、混乱した。整形外科医は「全治三週間、プロテクターでずっと固定します」。いっぽう、患者のプロは「固めたままだと、身体の負担も大きい」。

医者の意見も正しい。経験から導きだされたしろうとの実感も正しいだろう。しかし、その正しさはいずれも「絶対」ではない。ならば、自分で自分の方針を選びだすほかない。まさにおとなのひとり立ち。とりあえず、電話を切ったらストレッチ運動して、身体をほぐした。

五日後。プロテクターで固まった内側の親指を、そうっと動かしてみた。もちろん痛みはまだあるけれど、プロテクターに動きを奪われて「身体がゆがむ」という言葉に真実味がでてきた。ここはひとつ……。親指に訊いてみると賛同を得たので、勇気をもって包帯を取り、おずおずとプロテクターをはずしてみた。

おどろいたことに、わたしは七日めでふつうに歩きはじめた。こまめに湿布を取り替え、親指を庇いつつゆっくりゆっくり、できるだけまっすぐ歩くように注意を配りながら。すると、整形外科医も看護師さんたちも目を丸くする「驚異の快復ぶり」を記録したのである。九日め、わたしは予定通り飛行機に乗ってパリへ旅だった。休日診療の病院に駆けこんだ日は、これでは旅は取り止めだと覚悟していたのに。

人生いろいろ

最近しきりに気になるのが新聞の人生相談である。

人生いろいろ、老若男女から寄せられる悩みごとは奥も幅も深く、他人ごととは思えない。ひとに「なにソレ」と流される些事でも、当人にとっては一大事。いつおなじ立場にならないとも限らない。そのうえ名うての〝人生の達人〟による「回答」が隣に並んでいるので、はてこのひとならどう答えるのかなと推理したりして、期待もスリルも満載。新聞片手にズズズと啜る煎茶の味も苦くなったり、ほんのり甘くなったり、読む時間もふくめて一大ドラマである。

いまも忘れられないのが、読売新聞（二〇一三年九月二十七日付）の「人生案内」に載った四十代の主婦「大分・R子」さんの悩みである。あまりにツボをくすぐられた（すみません）ので、抜粋して一部を書き写してみます。

「会社員の夫が熊のぬいぐるみに執着します。一日中熊の話ばかりするのがうっとうしくて、真剣に悩んでいます」「家事に忙しい私を気遣わず、熊の話ばかりするので『ばかばかしい』と言うと、『くま吉が嫌いか』と聞かれました。意味がわかりません」
「『自分が死んだらくま吉を頼む』という夫とどう暮らせば良いのでしょう」
「くま吉」は、そもそも以前にR子さんが買ったぬいぐるみで、押し入れにしまったままにしていたところ、夫が「閉じこめたらかわいそうや」。寒い夜には、わざわざ毛布をかけてやる過保護ぶりなのだという。

溺愛というよりビョーキなのか。それともストレスの反動なのか。視線を宙に泳がせ、「大分・R子」さんの胸中に思いを馳せる。回答者はノンフィクションライター、最相葉月さんなのだが、やっぱり冒頭「さあて、困りましたね」。つづけて、この相談は「たんなるのろけ話」では、と探りを入れつつ、「愚痴を聞かされることに比べれば、あなたへの気遣いにも感謝すべきでしょう」。夫の弁護に回ってキレイにまとめていたが、わたしは今もときどき、二人と一匹のその後が気になってしょうがない。

新聞の人生相談がやたら印象に残るのは、朝の時間帯に読むからではないかしら。起き抜けだったり、朝食を終えてなごんでいるときだったり、無防備のまま油断しているからココロの隙間に忍びこむ。そして、ひたすら想像をたくましくしながら、わたしならこう対処するかも、こんな助言もあるかな、などと忙しく思案しているうちに自分の人生修行も兼ねるという具合である。

人生相談は、誰に持ちかけるかによって、気の晴れかたがぜんぜん違う。「ひとは叱られたくて相談する」というのは、とある喫茶店のマスターの名言なのだが、わたしはそれを聞いたとき、コーヒーカップを取り落としそうになるくらい感嘆した。地元のうるさ方が寄り合う喫茶店だけあって、相談ともつかない愚痴を持ちかけられることしばしばらしい。

マスターはきっぱり言う。

「黙って聞いてるときりがないですからね、話がひと段落したところで、ぴしっとツッコミを入れてやるの。たいした意見じゃなくていいのよ。やたら深刻そうなときは、とりあえず正気にもどしてやるのがこっちの役目だもの」

ふうん、なるほど。

「だって、ひとに話す時点で、はんぶん解決がついてるようなもんなんだ。けっきょく最終的に決めるのは本人だけだから」

エプロン姿のマスターがあんなに頼もしく見えたときはなく、以来、コーヒーのおいしさは格段に上がった。

友だちと久しぶりに会うと、以前なら話題にのぼらなかった話のオンパレードである。お互いの健康の話を皮切りに、親の介護、土地の相続、家や遺産の引き継ぎ。辛気臭いなどと言っていたらもっと難儀なことになるのだから、本人は逃げてはいられない。フムフムと耳を傾けるのだが、困ったねえヤだねえ、とねぎらっていても埒が明かない。

話が進展しないから空気も沈みがち。こういうとき助かるのは同調ではなく、むしろ厳しいツッコミのほうで、あらたな展開があれば気晴らしにもなる。

そのつもりで新聞の人生相談を読むと、妙味もひときわである。「退職した夫が私を束縛して困る」という六十四歳の女性の相談（こっちは朝日新聞で、二〇一三年十月二十六日付「悩みのるつぼ」）には、社会学者、上野千鶴子さんがバシッと一刀両断。「あなたの行動に干渉するのは、実は『ボクをかまって』というメッセージ」。ただし、「何もあなたでなくてもかまいません」。

拍手喝采しつつ、他山の石とする。もう終了してしまったのが惜しまれてならないのは作家、車谷長吉さんが回答を担当していたときで、毎回すっとして爽快だった。「五年に一度くらい、好きな女子生徒が現れる。情動を抑えられません」と告白する四十代の男性教師には、「好きになった女生徒と出来てしまえば、それでよいのです」「職業も名誉も家庭も失った時、はじめて人間とは何かということが見える」（『車谷長吉の人生相談　人生の救い』朝日文庫）。かと思えば、「同僚の女性がむかつく」と訴える四十八歳の会社員には、山で歌うことを勧め、「私は『うれしいひなまつり』という歌が好きです」（同文庫）。こちらも思わず、ほがらかに「うれしいひなまつり」を歌いたくなり、いざというときのためにこころのメモに書きつけた。

彼女の家出

「十七歳のとき、こんな言葉をどこかで読んだ。『日々、人生最後の日だと思って生きれば、いつか必ずその通りになる』。この言葉はぼくの心に残って、以来、この三十三年間、毎朝、鏡を見るたび自分に問いかけたんだ。『もし今日が人生最後の日なら、これからやることを喜んでするだろうか』。『ノー』の答えが何日も続くなら、何かを変えなきゃいけないということだ」

（二〇〇五年六月十二日）

アメリカのスタンフォード大学の卒業式で、スティーブ・ジョブズが行った有名なスピーチである。パーソナルコンピュータの開発で大成功を収めた実業家ジョブズは、じつはこの一年前、膵臓がんの手術を受けていた。つまり、「もし今日が人生最後の日なら」という問いかけは、自身にとって極めてリアルな魂の叫びでもあった。この言葉をはじめて読んだとき、わたしは、ジョブズの心身から振り絞るようにして発せられた言葉の切実さにこころを動かされた。血のぬくもりを湛えた言葉だからこそ、こうして世界中の人々の胸中に刻まれることになったのである。

ただ、皮肉だなとも思う。ジョブズが開発に心血を注いだソーシャルネットワークやメールでの言葉は、飛距離が短い。形式を踏襲した丁寧な内容でも、字面以上に言葉がふくらむということが少ないのである。コンピュータや携帯電話の画面にぽんと現れる言葉は、事実関係や意志は伝えても、とかく深度が浅い。なのに、状況だけは絶えず更新されてゆく。いっぽう、鼓膜の振動を通して耳に直接届いた言葉は、飛ぶ距離がぐんぐん伸びて胸の奥深くまで到達することがある。

なぜこんなことを言い出したのかというと、先ごろ身近な友人からため息まじりの話を聞いたからだ。久しぶりに派手な夫婦げんかをしたのだが、おさまりがつかず無言状態が三日めに突入した。さすがにうんざりし、先にこっちから謝るほかないかと思案していたところへ、携帯電話に夫からメールが来た。この状況下でなんだ？と画面を見てみると、「意地になりすぎた。反省してます」と書き込まれていたのだという。あらカワイイじゃない、と笑うと、彼女はむっとした顔になって反論する。

「でもさ、そのときヤツは居間のソファでテレビ見てんのよ。三メートルと離れていない、すぐ目の前で」

だったら直接言ってくれればいい、ケータイのメールに頼るってどうなの、というのが彼女の言い分である。うん、もちろんその違和感はよくわかる。わかるけれども、我々はすでにメールという道具と機能を手にしてしまったサルなのだからしょうがないじゃん、と言うと、火に油を注いでしまった。

「それってさ、たとえば会社の同じ部署でデスクを並べているのに、表面上は知らん顔して、メールで部下を怒ったり叱ったりする上司がいるっていう話と同じじゃない。あたしは嫌だな、そんなのキモチワルイ。ましてや、ひとつ屋根の下に暮らしてる夫婦だよ?」

正論である。でも、まず最初に謝ったのはヤツのほうだよね、とわたしはなだめかけたが、余計に収拾がつかなくなりそうだから黙っておいた。ムズカシイデスネ。

言葉にしなければ相手には伝わらない。とはいえ、すでにわたしたちは、伝えたい言葉を手渡すための手段、つまり言葉の質を入念に選択しなければならないのだから、知らず迷路のトバロに立たされているような、ちょっと複雑な気分を味わう。

こっちの話は夫、つまり男性の側の話なのだが、わたしは彼の告白を聞いてううむと唸ってしまった。

「妻が、ひとりでロンドン旅行に行っちゃったんです。それも突然。僕と娘が聞かされたのは二日前なんですが、もうびっくりしました。結婚以来二十六年、彼女がひとりで旅行に出たことはなかったし、仮にそういう機会があったとしても、なにしろ几帳面で責任感の強い性格だから、留守中の些事のフォローまで万端整えてぬかりなし、というのが妻の流儀のはずですが、いやァ驚いた。十日ほど旅に出てくる、飛行機はあさって出発と風呂上がりに急に言われて、ぽかんとしちゃって」

わたしは身につまされた。さぞかし苦しかっただろうなあと思ったのだ。彼のほうではなく、彼の妻のほうが。

思いあまっての家出である。言わないのではなく、言いたいのは山々、しかし言えなかった。言わないことで、山積した自分の苦しさや負の感情をぶつけてみたかったのだ。無言の攻撃というより、無言の愁訴。あえて言葉にしない、できない気持ちの重さ。はっきりと言葉になったときは、手遅れという場合もある。

そこで、こんな言葉も添えておきたい。女性の参政権を求めて活動団体を設立した運動家、エメリン・パンクハーストによるもの。これはコワイです。

「女性はなかなか奮起しない。だが、ひとたび目覚め、ひとたび決意を固めたら、地上のいかなるものであれ、天上の何であれ、女性を諦めさせることはできない」

（一九一三年十一月十三日）

居心地のいい喫茶店

「やっぱりね、ネクタイ締めた頭部薄めのおじさんに『フラペチーノのグランデくださ い』とか言わせたくないよね。痛ましい」

リエちゃんが言った。通りがかりの商店街をいっしょに歩いていたら、いまどきのコーヒー専門のチェーン店から背広すがたの初老のおじさんふたりが出てくるところに行き逢った。ちょっとくたびれたようすと横文字だらけのその店に、なんとなく違和感があるのをわたしも感じていた。

「そうねえ。キャラメルマキアートとかカフェアメリカーノとかも言わせたくないし。だいいちむりがある」

できればわたしも言いたくない。だいいち、どきどきする。フラペチーノは、言葉の意味があやふやなだけに、「あれフペラチーノが正しかったっけ」などとまごつくし、マキアートと聞くと、ひそかに赤チンキを連想してしまう始末だ。赤チンキの正式名はたしかマーキュロクロムといった（どうしてこんなことを覚えているのだろう）。そんなわけで、最近のコーヒーに関する数多くの「新語」をすらすらと口にできないので、つい防御に回ってしまう。ふたの「吸いくち」に直接口をつけて飲むのもうまくいかず、いつまでたっても慣れない。

だから、おのずと予習復習を迫ってくる新しい場所は、遠巻きにして避けがち。どちらかといえばカフェも得意なほうではない。あの洒落た風景の一部にならなきゃいけないんじゃないかとおびえてしまうのです。

では、どこにいくか。喫茶店です。どこの町にもあたりまえのようにある昔ながらの喫茶店。インテリアがどうとか、なにがおいしいとか、そういうとくべつなことがとりたてでない、ふつうの喫茶店。ただ、そういうあたりまえの喫茶店がずいぶん少なくなった。

すこんと青い空が広がる秋の土曜日の昼下がり。近所の書店で買いたい本があったので、散歩がてら町にでる。自転車でぴゅーっと走ってもいいのだが、つとめて歩く。スニーカーを履き、かごを提げてぐんぐん歩いて駅前までくると、サリーを着たインド人のおんなのひとがチラシを配っている。きっと開店したてのインド料理店の案内なのだろう。だれも受け取らないので、なんだか気の毒になって一枚受け取る。「アリガトウ」。にこっと笑った鼻のピアスがぴかりと光った。

商店街を通っていつもの本屋に行き、文庫本二冊と新刊の小説一冊を買う。レジで代金を支払って外に出たら、喫茶店に寄りたくなった。さっきまでそのつもりはなかったのにな。喫茶店は、ぷらりと暖簾をくぐるみたいに入りたいときと、はじめからのんびり過ごすために目指すときがある。なのに、入るのはおなじ喫茶店だったりする。

本屋の数軒となりに学生時代からもう三十年以上通いつづけている喫茶店「M」がある。そうだひさしぶりに入ろうと思いたち、買ったばかりの本を小脇に抱えて重い木のドアを押す。

なにも変わっていない、三十年まえから。古いガラスのシェード。ランプ。太い梁からいつも通り、いろんなものがぶら下がっている。木の壁には掛け時計、柱時計。梁に直接掛かっている時計もある。

チクタク、チクタク、チクタク。

どの時計の音かしら。見当をつけようとしてもわからない。ここの時計の音はひとつだけではないから、だんだん時間がわからなくなる。

「いらっしゃいませ」

いつものマスターが水のグラスをテーブルにとん、と置いてくれる。

「ブレンドください」

「はい、ブレンドひとつ」

注文を終えて、店内を見回す。向かいの席には、黙って本を読んでいる若いカップル。

隣も文庫本を読んでいる中年の男性。サンダル履きとチノパンが、いかにもなごやかな週末の空気である。奥まった席では女性の三人客が途切れなくおしゃべりしており、たのしそうな響きが耳に心地いい。その向こうの囲炉裏端のテーブルからは外国人どうしの会話も聞こえてくる。ステンドグラス仕立ての窓からしのびこむ柔らかな光、時を刻む時計の音、いろんな声や音が混じり合って喫茶店の音ができあがっている。

その日ごと雰囲気は違っても、喫茶店に流れている空気はつねに変わらない。晴れても台風でも曇っても町の一部のように佇んでいるから、誰がいつ来ても来なくてもおなじ。おおらかさに頼りがいがある。喫茶店は町の止まり木。または、往来に据えられたおおきなベンチだ。

「お待たせしました」

たっぷりとおおぶりのカップが目のまえに置かれた。熱いブレンドコーヒーの香りが芳しい。ひとくち、ふたくち啜って落ち着いたら、わたしもひとしきり本を読もう。きょう買った本のなかから選んだのは『尾崎放哉句集』(岩波文庫)。

すきな喫茶店はひとつだけではない。それぞれに違う居心地があり、違う顔の店主がいて、違う味のコーヒーがある。こちらだってそのときどき気分が違うから、「きょうはどこに寄ろうかな」。自分の足に聞いてみる。喫茶店との関係は、ゆるいくらいでちょうどいい。

大学時代に毎日通った町、いまは住んでいる自分の町には、すきな喫茶店がたくさんある。どの店も、昔もいまも変わらず、とくに改装もしていない。マスターも店のひとの顔ぶれもいっしょ。これらの店をわたしは巡回するみたいにして順繰りに寄る。おなじ喫茶店に週に三度行く日もあれば、半月空くときもあるし、たいした理由があるわけではない。またおなじコーヒーが飲みたくなった、とか、きょうは外光がたっぷり注ぐガラス窓の横に座りたいな、お昼にあそこのサンドウィッチが食べたいな、とか。

すきな喫茶店の条件をかんがえてみました。

■こぢんまりしていること。
■マスターがいること。
■コーヒーがおいしいこと。もちろん、その店の味であればそれでじゅうぶん。水はおいしいに越したことはないけれど、ほこり臭い匂いがすると、ちょっとつらい。
■音楽はあってもなくても。有線も大歓迎。
■干渉されない。放っておいてもらえる。
■三日つづけて行っても、たいした反応を示さない。
■長居してもいやな顔をしない。

■お客にも干渉されない。席がすぐ隣どうしでも、おたがいに会話は聞こえません聞いてません、という了解ができあがっている。

■新聞が二紙くらい置いてある。一般紙二紙、スポーツ紙一紙あれば文句なし。手もちぶさたのとき、週刊誌が置いてあると助かる。

■こざっぱりしていること。きれいである必要はないけれど、毎日きちんと掃除がしてあることがわかる清潔感はほしい。

■店のなかはごくふつうがいい。ビニールシートも落ち着く。いまが二十年か三十年まえでもぜんぜんおかしくないというくらいが居心地がいいなあ。

■「いらっしゃい」はあってもなくても、どちらでも。帰りぎわに気持ちよく見送ってもらえるとありがたい。

■たいていのお客は町の住人で、ちいさなこどもがいても、なんの違和感もない。赤ちゃんが泣き出しても、誰も迷惑そうな顔をしない。

ここまで書いて、思い出した。買いもの帰り、午後四時過ぎに駅近くの喫茶店「K」に寄ったら、はじっこのテーブルで中学生の制服姿のおんなの子が、ノートを広げて宿題を懸命に解いていた。めずらしい光景だなあと思ったら、店の女性が近づいて声をかけた。「もうちょっと待ってね。あと十五分で上がるから」。ああそうか、学校帰りにここでバイトしているお母さんのところに来たのだな。とても微笑ましかった、おんなの子も、おかあさんも。

ところで、喫茶店で注文するカレーやトーストはどうしてあんなにおいしいのでしょう。家はもちろん、食堂やレストランで食べるのと、ぜんぜん違うおいしさ。小腹が空いたとき、ごはんを食べそこねたとき、いつもの喫茶店でカレーやトーストを食べて満足すると、とてつもなく安心する。おいしいとかおいしくないとか、そういうこととはぜんぜん関係なしに、はぁーと気が抜けてしあわせになる。福神漬けとからっきょうとか添えてあると申し分ない。

さらにもうひとつ。メニューのなかにホットケーキを見つけると、わかってるなあと思う。喫茶店のホットケーキを思い出すたび、なつかしいのが大阪千日前の路地裏にある「丸福珈琲店」だ。

「丸福珈琲店」は昭和九年創業、ドアを開けると濃い茶色の幅広のビニールシートがずらりと店の奥まで整列している。店内はすこし暗め、黄色の光がふわっと店内を照らしだす風景にそこはかとない情感がある。お客は千日前や道頓堀で商いをしているひとたちが多く、田辺聖子の小説に登場したこともある。

コーヒーは自家焙煎の濃い味。これがいいんだな。創業以来変わらない独特の苦さとコクは、初代が考案したそのままの味だというから年季がはいっている。生の豆はドイツ製の焙煎機に入れてじっくり深煎りし、抽出する道具も初代が考案したものと聞く。カップに注がれたつやつやと輝くようなチョコレート色を見ると、ああこれが「丸福」のコーヒーだなあといつも思う。

そこへもってきて、銅板で焼き上げるホットケーキである。うつくしいきつね色の表面はさっくり、なかはしっとり、バターの塩味とはちみつの甘みがねっとり絡み合う。もうたまらない。

「丸福珈琲店」で苦み走った熱い大阪の珈琲に舌を焼きながらホットケーキを食べ、背後の席でおっちゃんが「かんにんしてえな。そりゃないで」などと商談している会話は、大阪漫才のようだ。

喫茶店は土地のひとの暮らしとともにあるものだ。

長崎・平戸に一軒の名物喫茶店がある。名前は「六曜館」。平戸の商店街のなかの穴倉のようで目立たないけれど、なかに入れば平戸に来たなあ、地元の空気に触れているなあ、うれしさでいっぱいになる。サービスコーヒーを飲んでいるひと、味噌汁とハンバーグとコロッケと目玉焼きの「六曜館ランチセット」を平らげているひと、てんでんばらばら。でも、ここにはほかのどこにもない「六曜館」の空気がある。

メニューに圧倒される。昔ながらのメニュー立てにはさんだ書きこみがすごい。コーヒーはブレンド、アメリカン、日替わりストレートサービス、カプチーノ、カフェオレまで十三種類。紅茶からフロート類、そして「カルピス」のジャンルまで確立している。カルピスソーダからオレンジカルピス、メロンカルピス、ミルクカルピス、ティーカルピス……圧巻の充実ぶり。その下段には「食べるヨーグルト」「飲むヨーグルト」「ワイン」「ビール」、そして「日本酒」「いも焼酎」とつづく。喫茶店といいながら、ここはパブリックな居間なのだと、喫茶店の意義にあらためて納得する。メニューのいちばん下、焼酎の横には「夜のおつまみセット」と記してある。

軽食
カレーライス　600円
ドライカレー　600円
フライライス　600円
みそ焼めし（唐辛子みそ入り）　630円
インディアンカレー（ドライカレーの上にカレー、サラダつき）　700円

どうです、いますぐ行きたくなりませんか。わたしは、「六曜館」に入る直前に昼ごはんを食べていたことを後悔した。スパゲッティも、ナポリタンのほかに「和風スパゲッティ（焼きそば風）」「ベーコンとフランクフルトのスパゲッティ」「チリソーススパゲッティ」。お客の気持ちに応えようとする熱意と実直にひたすら頭が下がった。

でもきょうはがまんして「サービスコーヒー」のグアテマラ。帰りがけ、支払いをしながらマスターに聞いた。

「あのう、長崎空港までは国道で行くといいでしょうか」

「いや、ちょっとまわり道になるけれどやっぱり高速のほうがいいと思いますよ」

すると、すぐちかくの席のお客さんが教えてくれた。

「平戸の橋を渡ってすぐ、高速の表示がありますからそこに入るといいですよ」

喫茶店はいいなあ。自分の住んでいる町でも知らない町でも、こちらも風のようにいっとき身を置いて、ひとときの居場所をもらう。

違いがわかるひと

「インスタントコーヒーを飲む伯爵家と聞いた時点で嘘っぽいと思った」

ずいぶん古いCMなんだけどさ、と前置きして居酒屋のカウンターで焼酎のお湯割りを啜りながら、連れが言う。あ、あれだ。わたしも「ちょっとへんだな」と思いながらテレビの画面を眺めていたから。

「でもおれ、けっこうすきだったんだ。伯爵のコーヒーカップがきんきらしてて、部屋は美術館みたいなくせにインスタントコーヒーがあやしくて。ツボにはまった」

「どこそこの家系を継ぐナントカ伯爵」（調べてみたら、マクベスの家系を継ぐ伯爵家だった）とナレーションの渋い声が言い、伯爵は、執事のおじいさんが銀の盆にのせて運んでくるコーヒーをいかにもおいしそうに飲む。邸宅の豪奢なインテリア、銀の盆にインスタントコーヒーのアンバランス。しかし、伯爵家など本のなかでしか知らない極東の庶民を圧倒して文句を差し挟む隙を与えなかった。昭和五十年代半ば、あの数十秒の画面もまた昭和の夢をのせて漂うしゃぼん玉だった。

おなじ嘘をつくなら、あのくらい堂々としているとうれしいね。焼酎と純米酒をそれぞれ一合ずつ飲んだところで、「伯爵家のインスタントコーヒー」問題はそのような結論に落ち着いた。

むかしのネスカフェのコマーシャルはあっぱれだった。「違いがわかる男」のシリーズなど、そもそも「違いがわかる男」はインスタントコーヒーなど飲まないぞと揶揄されながらも、遠藤周作、山本寛斎、高倉健、手を替え品を替えてロングヒットをつづけた。「違いがわかる男」たちのしかつめらしい顔は異論を挟む余地をあたえず、臆面もなく言い放つ度胸のよさ。その証拠に、何十年経ってもわたしの記憶から消えていない。

むやみに腰を低くされたり、へいこらしてみせられるより、堂々とした態度をとられるほうがむしろさっぱりする。人間関係というものは、むこうがあって、こっちがあるわけで、相手が堂々としていれば、こちらもおのずと構えができる。おたがいの場所がきちんと担保されるといえばよいか、それなりのおさまりがつきやすい。だからわたしは、どちらかというと態度のおおきい男というのが気楽である。おおきく出てくれると、そこに乗っかっていられるから。久しぶりに会うと、こういう男はたいてい「おう」と言う。

「おう、元気だったかよ。ぜんぜん変わらんな。しかし、たまにはおれに会わないと女っぷりにケチがつくぜ」

そらきた、とうれしくなってしまう。（あれ、こんなに親しかったたっけ？）と苦い笑いがでるのだが、まあいいか。せいいっぱいの虚勢にはちがいなく、図に乗られないように気をつけていれば、大旦那に目をかけてもらった芸者みたいな気分になり、ではひとつ十八番の三味線でも鳴らしちゃう、という気分になる。

態度がおおきいといえば、男のひとの懐手《ふところで》もこのもしい。着物を着なくなったいまでは馴染みが薄い言葉だが、袖に手を通さず、いかにも大儀そうにふところに両手をおさめるしぐさは、冬の季語でもある。そういえば坂本龍馬が片手をふところにおさめて遥か遠く太平洋を眺めている、あれも一種の懐手。作家なら、ありし日の半村良や松本清張を彷彿させるし、大島とか紬の着物を着て懐手をしている筒井康隆。ちょっとぞんざいで、鷹揚なかんじ。女の懐手は寒そうで横着に映るけれど、男の懐手の場合は無頼な風情がくわわる。なんとなく人を食っている感じもして、ちょっと甘えてみたくなったり。

うっかり脱線したが、相手が堂々としているとこっちは大船に乗った気になれる、そういう話であった。女の場合ももちろんおなじで、むやみにへりくだって応対されるのも、上からの目線で見られるのも、どっちも疲れる。かんがえてみれば気の合う友だちや仕事仲間の女たちはみな、年齢や立場など意にも介さず、まずは横並びで気持ちよく肩を並べ合うさっぱりとした気質のひとが多い。女どうしの場合やれやれと嘆息するのは、下手にでられるより、相手が自分の位置をさりげなく上目に取って手綱を握ろうとするときだ。たとえば、年上の女性との会話にこんな言葉がちくりと混入することがある。

「まだお若いからわからないでしょうけれど」

かなわないなあと思う。二、三歳しか違わないのに「お若い」かあ、なにも言えんなあと思ってしまう。ちなみに「お若い」は持ち上げているのではなく、「わからない」をつづけるための導入部だ。そのあと「わからないでしょうけれど」と突き放してハシゴをはずす。

こういうのもある。

「いいわね、わたしたちのときとは時代が違うから」

言外に、あんたわかっちゃいない、と引導を渡されているわけで、しょぼしょぼとあとじさって黙る。

いずれの場合もあっさり負けておくのが正しい。ええそうですね、とおとなしくうなずきながら、いっぽう、残念だなとも思う。上に立ちたい内心を見せられると、そのぶんちっちゃく見えてしまう。

小学校のとき、同級生にサトちゃんという体格のいい女の子がいた。肉屋の娘で、骨格ががっちりして肉づきがよくて、どちらかといえば無口だったけれど球技が得意中の得意だった。とりわけサッカーのときのゴールキーパーはサトちゃん以外にかんがえられなかったし、じっさいどんなシュートでも弾きかえした。あ、点が入っちゃう、とチームの全員が息を呑んでも、サトちゃんは岩となってボールを阻止した。バスッと低い音を響かせてボールを両手と腹で抱えて受けとめたから、サッカーの時間のあとは白い体操服の胸のあたりがいつも薄茶いろに汚れていた。だれも口にださなかったけれど、サトちゃんは体育の時間以外でも、まぎれもなく六年五組の守護神だった。

わたしはいまでも、サッカーゴールのまえで腰を低くして構えの姿勢をとっているサトちゃんを瞼に思い浮かべることがある。ゴールのまえのサトちゃんに近づいて声をかけたのは、クラス対抗のトーナメント試合の最中だった。自分の言葉はおぼえていないけれど、サトちゃんの言葉はずっと忘れられない。

「心配せんでいいよ。あたしここにいるから」

わたしは「うん」とだけうなずいて身をひるがえし、サッカーが上手でもないくせに、ボールを目指して足をもつれさせてひた走った。

サトちゃんは、相手がだれであってもおなじ言葉を口にしたにちがいない。「あたしここにいるから」。その一語を背中に背負って駆けだしたときの、泣きたいほどの安心感はいまでもわたしの胸を熱くする。どおんとしていて、いつも確信に満ちていて、存在じたいがおおきかった。

サンドウィッチ礼賛

サンドウィッチへの愛を、幼いころから着々と育ててきた。母がこしらえてくれる遠足や運動会のお弁当は、おにぎり、巻き寿司、サンドウィッチのうちいずれかだったが、サンドウィッチの場合はまず、色彩の簡潔な美しさに目を奪われた。中身は決まってハム、チーズ、きゅうり（チーズはいまのように薄い四角形の便利な製品などないから、棒状のプロセスチーズを包丁で切って敷き並べてあった）。アルミの弁当箱にぴっちり交互に詰めた長方形を端から一片ずつつまむ楽しみに、目で寿ぐうれしさを教わった。いましみじみ思うのだが、お弁当とは何事かを伝える手紙なのだろう。

ところが、ほどなく粗雑なヤツのおいしさを知ることになる。親に叩き起こされて時計をにらみながら動くせわしない朝、ぽんっと焼き上がったトーストの一面にバターとマヨネーズを塗り、ハムとチーズを置き、ゆで卵があれば半分に切ってのせ、ナイフで真ん中に折り目をつけてぱたんと折ったボリューム満点のサンドウィッチ。

大口を開けてかぶりつく乱暴なおいしさに魅了された。あっというまにつくれるし、もったいないほど短時間で食べ終わるのに、複雑な味が口のなかに充満する。中学生になって読むようになったアメリカンコミックスによれば、このサンドウィッチは「ダグウッドサンドウィッチ」に似ており、漫画「ブロンディ」の主人公ダグウッドの大好物だと知った。テレビで「トムとジェリー」を観たときも、トムが近所のどら猫たちと冷蔵庫を漁ったあげく頭の上までサンドウィッチを積み上げていた。

しかし、思った。これを嬉々として食べていることは黙っておこう。乱暴にでっち上げる力まかせのサンドウィッチは、つね日ごろ母がこしらえてくれる高さも幅もきちんと揃ったサンドウィッチのおいしさを冒瀆するように思われたのである。

両極端のおいしさのサンドウィッチは、その後の私のサンドウィッチ観を牛耳ることになった。丁寧にきちんとつくるほど味の精度が上がるのがサンドウィッチだと知ってはいても、真逆の粗雑なヤツが手放せない。包丁の世話にもならず、雑にはさんでその場でかぶりつくサンドウィッチには、本能を充たす充足感がある。

気づいたことがひとつある。それは、サンドウィッチという食べ物は、つねにひとの手から手へ渡されるということ。おにぎりを型抜きでつくるのが当然のようになった昨今、いっぽうサンドウィッチは手でなければはさめず、食べ物として体をなさない。手で直接受け取って口に運ぶところは、鮨に似ている。

サンドウィッチに限らず、その食べ物が丁寧につくられたか、気持ちが入っているか、一瞥しただけで誰にでもわかってしまう。関心や興味を超えて、経験によって培われた分析能力が知らず知らず発動されるわけだが、これはずいぶんこわいことだ。

こんな話を聞いた。おいしい卵サンドウィッチを出すと評判の喫茶店で、世間話のついでにマスターが教えてくれたのである。

「卵サンドはね、見た目がすごく大事なんですよ。僕が心がけているのは、パンの厚みより中身の卵のほうが厚いこと。白いパンの間の黄色が厚くてたっぷりしていないと、貧相に見えます。そして、パンの端より少し手前に卵をおさめる。すると、真ん中がぐっと膨らみ、よけいおいしそうに見えます」

ほうと感嘆した。マスターの名誉のために添えておくが、彼の卵サンドウィッチは「おいしそうに見える」のではなく、それはもう素直においしくて誰をも魅了する。さらに言えば、ボリューム感とあたたかさを強調するために、注文のたびに卵をふっくらと焼いてはさむ厚焼き卵スタイルにこだわっている。

かくも広大なサンドウィッチの沃野である。

ひと舐めの塩

汗ばむ季節になると化粧ポーチのなかに増えるものがある。百円で買った一辺二センチほどの小さな透明のプラスティックケース。どこにでも売っている安価な容れものだが、中身をかんがえれば、場合によっては金より価値がある。

塩を容れている。台所でいつも使っている小さじ一杯ほどの塩。

汗をたくさんかいたり、思いのほか体力を消耗してしまったとき、手っ取り早く身体を回復させるのは塩だという話を、知り合いのプロのオートレーサーから聞いた。荒野や砂漠を何日もかけて車で縦断するとき、運転中にとつぜん全身がだるくなり、虚脱感に苛まれることがある。そんなときはまずミネラル不足を疑います、たいていの場合はごく少量の塩を舐めるだけで回復しますよ、と言う。過酷な旅にでるときは装備のひとつに塩の存在は必要不可欠、ときによっては命綱にもなる。バッグのなかに岩塩のかたまりを所持している仲間もいる、とも言っていた。

彼の話を聞いたときすぐ思いだしたのは、十五年ほど前、タイ東北部イサーンの水田地帯を歩いていた日のこと。

炎天下、見渡す限り右にも左にも田んぼが広がるばかりの農村の一本道を、ひとりで歩いて帰ることになった。一時間に一本のバスを逃してしまい、業を煮やして歩きはじめたのだったが、気温四十度に達しかけている真昼、それは間違いなく暴挙だった。歩いて帰ってやる、と意固地になり、逃げ場のない道路をひたすら行軍した。

一時間も経たないうち、破綻した。Tシャツは全身の水分を吸い取って汗みずく、身体に熱がこもる予感があり、熱中症の一歩手前を疑った。しかし、木陰はどこにもない。万事休す。絶望しかけたとき、前方に、簡素な木づくりのリングのような板場が現れた。ニッパヤシを四方の棒に渡して屋根を葺いた空間は農作業の休憩場所なのだろう、日陰にありつけるだけで全身がよろこんだ。

先客がいた。熱でぼうっとした頭には、近づくまで判別できなかったが、板場にあぐらをかいた農夫が涼を取りながらひとりで弁当を食べている。会釈をして板場に上がりこみ、脱いだ帽子で風を送りながら人心地を取り戻していると渇望がやってきた。

しょっぱいものが食べたい、飲みたい。塩を舐めたい。

水も飲みたいが、塩気が欲しい。

農夫の弁当箱をちらちら盗み見ると、いかにもしょっぱそうな高菜の漬け物や小魚の干物が並んでおり、強烈な羨望をおぼえた。

這々《ほうほう》の体《てい》で町に戻ったわたしは、通りがかりの市場に入って雑貨屋に直行し、ミネラルウォーターと塩の小袋を買った。そして、その場で袋を破って塩を舐め、ミネラルウォーターを口に含んでは口のなかで混ぜて塩水にして飲んだのである。塩分とミネラルが、全身の細胞に音をたてて吸収されてゆく。塩分を奪われればうなだれ、ふたたび塩分を得れば体力気力を回復する事実。生命と塩は単純明快に直結しているのだった。

こんな話を読んだこともある。つねに危険と背中合わせの冒険家が書いた本だった。中近東から北アフリカにかけて広く使われているハリッサという辛いペーストの話だ。赤唐辛子をペーストにしたチューブ入りの赤いそれを、砂漠を旅しているとき運転手がフランスパンに塗ってくれ、ソーセージをはさんで食べさせてくれた。ハリッサは辛いだけではなく、ずいぶんしょっぱい。なぜか。それは、砂漠では水分や塩が容易に入手できず、摂取できないから。ハリッサは、調味料であると同時にサバイバルのツールでもあるという。

こうしてかんがえてみれば、運動会や遠足のとき頬張るおにぎりは、塩味が勝っているほうがおいしく感じられるのも理にかなっている。こどものころ、夏休みにでかけた海水浴でくたくたになって砂浜で寝転んでいるとき、舌でぺろりと唇を舐めるのが好きだった。あのころは疑問も抱かず、自分の舌が勝手に塩分を求めてたけれど、あれは生存能力の証しなのだろう。夏場になると、塩味がきいている料理がおいしく感じられるのも、身体から出てゆく塩分を補塡するためなのだ。

ところで、プラスティックケースに容れた塩は、砂漠やタイの田園地帯でなくとも、意外な場面で実力を発揮する。去年の夏、公園のベンチでアイスクリームを食べているとき、バッグのなかの塩を思いだし、ほんの少しぱらぱらとかけてみた。べたつきがちな甘さに抑えが効いて、あと味すっきり。ちょっと興奮する発見だった。煎茶や焙じ茶に、それとわからないくらい微量の塩を入れるのも、暑い季節のむかしながらの知恵である。

実家の空き部屋

　子どものころ使っていた部屋は、甘酸っぱいような、照れくさいような、落ち着きどころのない複雑な思いを抱かせる。

　二十代や三十代のころは、まだ十代の自分に近いからだろう、しばらくぶりに部屋に足を踏み入れても安堵が先立ち、古巣に戻った気分を味わう。しかし、年齢とともに三十年、四十年の歳月が積み重なれば、それまで感じなかった感情があぶくみたいにぽこり、ぽこり。知らないうちに遠いところへ来てしまった。あのころに戻りたくても、戻れない。では戻りたいかといわれれば、戻りたくはない——感傷といってしまえばそれまでだけれど、しかし、過去の自分と現在の自分との距離を踏まえて冷ややかに見つめる視線は、ただの感傷ではない気がする。

　久しぶりに実家に顔をだした。電話を掛けることはよくあっても、離れた土地に住んでいると、つい無沙汰を重ねがちである。老いた父と母と向かい合い、しばらくぶりにあれこれとお喋りに花を咲かせる。近くのホテルにでも泊まったほうがゆっくり休めるんじゃないの。一週間ほど前、電話口で母が珍しくそう勧めるので、寝具の出し入れひとつも面倒なのかもと察して近隣の宿をあちこち探してみたが、ちょうど旅行シーズンのまっただなかで、空室が見つからなかった。結局どこも予約がとれなかったと伝えると、母は「じゃあ、あなたの部屋に泊まってね。物置部屋みたいになってて申しわけないけれど」と、すまなさそうに言う。

もう四十年近く使っていない部屋。でも、六歳から十八歳まで過ごした。なつかしい気持ちはあっても、とくべつ足を踏み入れたい場所でもない。余計な感情に遭遇するのが面倒だから、母の勧めに従って宿を探してみたのかもしれなかった。

それだけぎっしり、種々雑多な思いの詰まっている部屋なのだ。階段を上がった突き当たりには、父が「勉強部屋」と称している書斎があり、その左手前にわたしの部屋があった。ドアを開けると板張りの六畳間で、南側に面した壁の上半分が三面の大きなガラス窓になっている。ちょうど眼下には木蓮の大木が二本植わっており、紫、白、それぞれに大輪の花が咲く。真冬になると硬いくちばしのような木蓮の蕾を眺めるのが楽しかった。

もちろん、心なごむ記憶ばかりではない。新築したこの家に引っ越したのは小学校に上がる直前で、最初は妹とふたり共同の「子ども部屋」として与えられた。壁ぎわには、二畳の畳をそれぞれ上下に使ってわざわざつくらせた木製の二段ベッドがあり、下段には妹、上段には私が寝た。天井の電気を消したあと、布団を抜け出して寝入りばなの妹の顔に紐を垂らしてくすぐると、妹がむにゃむにゃ言うのがおもしろい。もちろん派手なきょうだい喧嘩もたくさんした。中学生になると、わたしひとりの部屋に昇格し、十八までの思春期を過ごした。世界からつまはじきにされたような孤独感は十代ならではの未熟さによるものだったけれど、逃げ場はここしかなかった。ドアを閉め、ベッドにもぐって本を読み、日記や手紙を書き、ラジオのDJの声に耳を傾けていると、少しずつ新たな世界に出合っていった。いま思えば、あの空間はひとつの柔らかな繭であり、どくどくと血の通う生命体だった。

しかしこのたび、おそるおそる扉を開けてみると、いっそ笑いだしたくなるほどのがらんどうぶり。母の言葉通り、もう使わなくなった階下の家具が布を被せられて置かれ、物置然としている。むかし使った勉強机と椅子、ベッドが処分もせず置いてあるのは父母の感傷のしるしにほかならず、周囲から浮き上がって見えるぶん、残骸の哀れを宿している。年々歳々、無人の部屋がかさついてゆくのを見定めてきたつもりだったけれど、いよいよ潰《つい》えた。すがれてしまった。なにより、父母の老いが家そのものを道連れにしている現実を目撃して、言葉を失った。

それでも不思議なもので、ベッドに布団を敷いてもぐりこみ、仰向けになって目を閉じると、トンネルの向こうから遥かな自分が還ってきた。友だちと仲違いして絶交を言い渡された九歳のわたし。こっそり窓から屋根に登って寝転がり、本を片手に星座を覚えた十五歳のわたし。神戸に住む大学生のボーイフレンドの手紙を胸を高鳴らせて開封する十七歳のわたし。たまらなく気恥ずかしいが、それぞれの自分の肩に手を掛け、優しくさすってやりたくもなる。遠い過去と出逢っているうち眠りに引きずりこまれ、奇妙な一夜が明けた。

翌朝、階下に降りてゆくと、母は「ぐっすり寝られなかったんじゃないの」と言い、「年寄りのふたり暮らしにこの家は広すぎて」と愚痴をこぼすのだった。

なければないですむのに、実家の空き部屋は意外な角度から攻めこんでくる。あと始末はまだ終わっていませんよと語りかける。

(終わっていないのはなんなのだろう？　これからなにが始まるのだろう？)

背後でナニカがもぞもぞと動きだした。

再会タクシー

ゆったり余裕を持って支度をすればいいのに、どうしても時間ぎりぎりになるのは私のわるい癖だ。その日もけっきょく駅まで歩く時間がなくなってしまい、近くのバス通りまで出てタクシーを拾うことになった。一台、二台とタクシーは途切れなくやって来るのだが、あいにく乗車中である。困ったな、これじゃあバスに乗ると遅れてしまうかも、と心配しながら首を長くして待っていると、五十メートルほど先、「空車」のマークを点灯させた一台の姿が見えた。待ち侘びているときは、どうしてあんなに早く「空車」の二文字を見つけられるのだろう。

数台の車やトラックが通り過ぎたあと、果たしてその一台がランプを点灯させて近づいてきて、ドアが開く。

「××駅までお願いします」

座席に落ち着いて時計を確かめると、これならぎりぎり間に合う、ほっとしながら座席に座り直し、見るともなく前方の運転手さんの横顔を見る。

(おや?)

どきりとした。まさか。ちゃんと確かめる気持ちになってよく見る。

(間違いない)

わたしは色めきたった。この運転手さんを知っている。今までにこのひとのタクシーに乗ったことがある。正確に言えば、今回で三度。一度めは十年以上前、二度めはたしか四、五年前。とすると、五年ごとにおなじタクシーに遭遇していることになる。

なぜ最初に乗ったときのことを覚えているかというと、その日、わたしは友人が入院している病院にお見舞いに向かうところで、電車に乗るとかえって迂回する距離だから早いほうがいいと思い、バス通りに出た瞬間に通りすがりのタクシーを止めた。病院の名前を告げると、「かしこまりました」。降りるとき「ありがとうございました。お大事になさってください」。それ以上の会話はなかったが、「お大事になさってください」という言葉が、ある覚悟をもって高齢出産した友人に向けられたように思われ、とてもうれしかったのだ。「はい。ありがとうございます」とだけ応えながら、降りがけに彼の横顔に視線を送った。ほんの二、三秒のことだった。

二度目は雪が積もった翌日である。転ぶのがこわいからバスに乗ろうと思っていたのに、運行時間が乱れているらしく、いっこうにバスが来ない。弱ったなと思っているところにタクシーがやって来たから、反射的に手を挙げた。「意外に積もりましたね」「気

わ」、ふと気づく心、つかってる名とどないいが確認したいした、

をつけて走っておりますからご安心ください」。そんな会話を交わしながら、ふと気づくと見覚えのある横顔である。ええと……おぼろげな記憶が蠢《うごめ》く。いつか、どこかでわたしは同じタクシーに乗ったことがある。むくむくと好奇心が湧き、じかに確認したい欲求が抑えられなくなった。

「あのう、以前に乗せていただいたことはありませんか。何年も前だと思うのですが」

すると、驚いたことに、即座にこんな返事が返ってきた。

「はい。確か××病院までお乗せしました。最初は救急の患者さんかと思ったのですが、どうもそうではないようだと安心したので覚えているんです」

わたしは努めて平静を装ったが、仰天した。友人の娘はもう五歳だから、ちょうど五年も経っていることになる。たいした距離を乗せてもいない客について正確に記憶しているという事実にたまげた。確かあのときも白いワイシャツにネクタイ、ニットのベストではなかったかしら。穏やかな声の調子にも聞き覚えがあった。

雪道を用心深く、しかし滑らかに走ったタクシーはほどなく駅のロータリーに着いた。

「ありがとうございました。滑りやすいですからお気をつけて」

おそるおそる足を踏みだすと、そこはロータリーのなかにわずかに残った、雪の溜まっていない場所だった。

二度にわたる記憶をたぐり寄せたわたしは、ワンメーター分の料金を支払いながら、

ふたたび訊きたい欲求に抗えなかった。

「あのう、以前に乗せていただいたことがありますよね」

するとと、さして特別なことでもなさそうに、しかしはっきりとした口調で彼は言った。

「はい。またご乗車くださってありがとうございます」

もう、驚きはなかった。

こういうとき、人生に光が灯った気持ちになる。取るに足らない小さな光だが、暗い海の向こうから灯台の灯が届けられた心持ち。与《あずか》り知らないおおきなものに見守られているかのような。なにかに生かされているような。

「お忘れ物のないように」

降りると、ひと呼吸置いてぱたんとドアが閉まり、タクシーは静かに走り去っていった。白いワイシャツとネクタイ、ニットのベストはおなじだったけれど、ずいぶんと白髪になっていた。

II　夜中の腕まくり

みならつくし

ひたひたと春が近づいてくると、小さきものに惹かれる。枝にぽっちりとふくらむ桜の蕾。見つけた日から目が離せなくなり、通るたびに見上げて成長をよろこぶ。小さなもの、幼いもの、いたいけなもの、ひたすらかわいい。

そんな気持ちを知ったのは、雛祭りのときだった。三月のあいだ馴染んだ雛飾りを片づけてしまうのがもったいなくて、四月が近づくと「あと一日」「もう一日だけ」、毎日すがるようにして母に頼んだ。

まず二月の終わり、母か父の監督のもと、妹とわたしがいっしょに飾りつける。一年ぶりに五段を組み立て、緋もうせんを被せ、壇上に台座をふたつ横並びにする。とくに緊張するのは薄紙の包みから男雛と女雛のお顔を取り出すときで、一年前「きちんと包まないと、ねずみが悪さをする」と脅され、もしお雛様に何かあったらどうしようと身構えた。無事なお顔に再会すると、ほっとしながら男雛と女雛を台座にのせ、それぞれ簪《かんざし》、被りもの、扇などを持たせ、三人官女、五人囃子……と進む。幅一メートル足らず、床の間にちんまりとおさまる段飾り、ようやくつまみ上げられる小さな長柄銚子や脇差、貝桶、ぼんぼり、菱餅、瓶子《へいし》に差した桃、たんなるミニチュアとは違う愛らしさがあった。うっかり置き損ねると、女雛の扇ははずれてしまうし、三人官女の長柄銚子は転がり落ちる。「大事に護らなくては」という使命感を抱かされるから、ままごと道具とはべつものだった。

いまになって気づくのだが、「このかわいらしさ、愛らしさを護りたい」という庇護の意識をいち早く覚えたのが雛飾りだったように思う。雛人形が飾ってあるあいだは、その近くにいたかったから、前に寝そべってお絵かきをしたり本を広げたり、三月の遊び場はかならず雛飾りの近くだった。だからこそ、片づける時期が近づいてくると別れがたく、「あともう一日」。ぐずぐずと抵抗した。

ところで、清少納言はかわいらしさについてこんなふうに書いている。「枕草子」百四十四段（『新　日本古典文学大系25』岩波書店）。

「うつくしき物　瓜《うり》にかきたるちごの顔《かほ》。雀の子《すずめこ》の、ねずなきするにをどりくる。二つ《ふた》三つ《み》ばかりなるちごの、いそぎてはひくる道《みち》に、いとちひさき塵《ちり》のありけるを、目《め》ざとに見つけて、いとをかしげなる指《および》にとらへて、大人《おとな》ごとにみせたる、いとうつくし」

「うつくし」とは、かわいらしさのこと。小さなもの、幼いもの、弱いものは無条件にかわいいと記されている。おなじ百四十四段、こんな一文も見つかる。

「雛《ひいな》の調度《てうど》。蓮《はちす》の浮葉《うきば》のいとちい（ひ）さきを、池よりとりあげたる。葵《あふひ》のいとちい（ひ）さき。なにも〳〵ちい（ひ）さき物はみなうつくし」

ふと足を止めて微笑む清少納言の姿を想像すると、平安時代がすぐそばにあるかのよう。「かわいい」という言葉に宿る精神性は日本独特のもののようで、他言語に翻訳できず「ＫＡＷＡＩＩ」と表現される。「ちいさき物はみなうつくし」はどうやら世界共通の興趣であるようだ。

あるとき五十半ばの知人の男性が意表を突くことを言い出した。

「じつはね、僕はリバティプリントが大好きなんですよ」

リバティプリント。十九世紀にイギリスのリバティ社がつくった小花柄の生地に目がないのだという。わたしは内心びっくりした。遣り手の営業マンで、大学時代は短距離の陸上選手。いまは競馬好きのりっぱなおやじぶりとリバティプリントがどうにも重ならない。

「カミさんと娘たちに頼んであるんですよ。おれが死んだら、棺桶の内側にリバティプリントの生地を貼ってくれってね。もちろん鼻で笑われましたよ。冗談じゃない、そんな恥ずかしいまねができるかと言うわけです。だけど、棺桶の内側ですよ。人目に触れるもんじゃないし、誰に迷惑をかけるわけでもない。死んだあとくらい自由にさせてくれ、ですよ」

感に堪えないふうに彼は言った。

「小花模様に包まれてる自分を思い浮かべると、うっとりするんだな。死ぬのも全然いやじゃない、それどころかちょっと楽しみだったりして」

そこまで言われると、かわいい小花に囲まれると、大自然のなかに埋もれて土に還る気持ちになるのかもしれないと思えてきた。

小手毬。ライラック。桜草。たんぽぽ。忘れな草。れんげ。子どものころ小さな指で摘んだ生まれたての小さなものに、この何十回めの春、また出逢える。

春の断食

　毎年恒例の、春の断食である。いつも伊豆高原の施設に一週間滞在するのだが、その途中も、帰ってきたあとも、とくべつの気持ちよさが手放せなくなった。

　かならず春先に断食をするのは、理由がある。春先は、冬の冷えや寒さを乗り越えるために体内に溜め込んでいた熱や毒を排出する時節。この考えかたは中国の医食同源の思想から学んだが、じっさい中国の友人たちは「あたたかくなってきたら、野菜の蒸しものをさかんに食べて体内を浄化する」と言い、毎年きちんと実践していた。調味料もできるだけ使わず、蒸籠で蒸しただけのたっぷりの野菜には、なるほど心身を中庸に整える力がある。自然のサイクルが陰から陽に向かうタイミングに身体をうまくチューニングさせ、いい波に乗ろうというわけである。

　さて、断食の話である。今年も、予定の日が近づくにつれてわくわくした。早く行きたい、まるで指折り数えて遠足を心待ちにする小学生だ。この期待感はどこから来るのかしら、と考えてみると、それは「食べることからの解放感」なのだった。

日常を省みると、「食べること」に縛られているなあ、とつくづく思う。朝ごはんは何にしよう、いま食べておかなければ、早く帰って食事の支度をしなくちゃ、うっかり食べ過ぎてしまった、冷蔵庫の残り物を早く片づけてしまわないと……生きている限り、わたしたちは「食べること」から逃れられない。また、食べることは楽しみでもあるけれど、さまざまな抑圧や負担につながることもある。その一切合財から遠ざかるのだから、断食に無上の解放感を覚えるのかもしれない。

とはいえなにも食べないのではない。「断食にゆく」と言うと、みんな決まって「わざわざそんな無理をしなくても」と心配そうな顔になるから、あわてて言い添える。

「いえ、なにも食べないのではないの。たとえば、朝十時にケールのジュース一杯、夕方六時に野菜のポタージュを少し。低血糖にならないように生姜湯を好きなときに飲むし、水やハブ茶はいくら飲んでもいい」

すると、ほっとした表情になる。

「なあんだ。必死で我慢するわけじゃないんですね」

はい。負の感情を抱えたまま耐えても、いいことがないのはなんでも同じだ。「快の方向」へ心身が向かってこそ、よい収穫がある。

断食中の食べものは、こんな具合である。一日めは酵素ジュース。二日めと三日めの朝／ケールと小松菜のジュース、夜／じゃがいもやキャベツのポタージュ。四日めの朝

／りんごとにんじんのジュース、夜／重湯と豆腐の味噌汁。五日めから五分粥、味噌汁の具に野菜がくわわり、それ以降を「回復食」と呼び、少しずつ量をもどしてゆくという仕組みである。断食にはいろんなやり方があり、それぞれ一長一短があるだろうけれど、わたしの心身には、伊豆での緩やかな方法に「快の方向」が感じられ、とても相性がいい。

四日めの夜、いよいよ飲む初めての味噌汁のおいしさは感動的である。ちいさな椀を手にとり、おもむろに口に近づけると、湯気のなかにふわあっと香り立つ味噌の香り。もうそれだけで、鼻孔が膨らむ。厳粛な気持ちになって熱い汁を吸い、口中に充たすと、舌ぜんたいが痺れるような感覚に包まれる。ごく薄く仕立ててある味噌汁なのに、味がずいぶん濃く感じられるのは、それまで四日間をかけて塩分やだしのうまみを絶つことで、舌の感覚がいわば初期化されているからだ。自分の味覚が、赤ちゃんのそれのように感じられる瞬間。そして、首のうしろのあたり、ぼっと火がついて熱を帯び、背中ぜんたいがあたたかさとは違う、過激な熱を燃やしながら猛然と代謝を起こしている――。

しだいに湧き上がってくるのは「ありがたい」という感情である。わずか二百ccほど、小さな椀によそった味噌汁だが、丁寧にとっただしや味噌という発酵食品にたいする感嘆、食べることのよろこびがふつふつと湧き上がってくる。

断食を終えて伊豆を発つ日。最後の七日めの朝ごはんは、玄米、味噌汁、干物、切り干し大根、ひじきの煮物、浅漬け。ごく普通の一食なのに、おなかいっぱい。知らず知らず、ひと口ずつ噛みしめていることにも驚く。食べることの価値と意味を、じっくり一週間かけて自分の身体が覚えこんでいる。

断食のあいだ、いつも一万五千歩くらい歩く。身体は軽く、足が前へ、前へ。食べないときも、身体は思考しているようだ。

本と映画とうまいもん

「女は女である」

袖を通したシャツのボタンのふたつめがぷらぷらして、いまにも取れそう。しょうがない着替えるか。いつもなら繕いものは時間のあるときに後回し、となるのだが、どんな風の吹き回しか、針と糸に手を伸ばす気になった。

めったにない殊勝ななりゆき。クローゼットからスカートを二枚取りだし、以前から気になっていた裾のほつれをかがると、ひさしぶりの裁縫に満足し、手もちの時間に執着がでた。

さっきまでは仕事場に向かうつもりでいたけれど、そうだ、これから電車に乗って出かけてみようという気になっていた。外はからりと晴れている。

名画座にいこうと思いついたのは、そんな気分の延長だった。どの名画座がいいかしら。どこにどんな映画が掛かっているかしら。パソコンを起動して検索し、行き先は高田馬場「早稲田松竹」に決まった。

もう三十年以上まえ、この町にはずいぶんしょっちゅう映画を観にきた。当時はちいさな映画館がたくさんあり、「高田馬場東映」「高田馬場東映パラス」「高田馬場パール座」「ACTミニシアター」「早稲田松竹」、たしかこの五館が揃っていた。なかでもよく通ったのは「高田馬場パール座」と「早稲田松竹」で、フェリーニやヴィスコンティ、日本の古い映画もたくさん観たけれど、いまはそのうち四館が姿を消してしまった。残っているのはわずか一館、それが「早稲田松竹」である。

ジャン＝リュック・ゴダール「女は女である」「ウイークエンド」。

この二本が今日掛かっている。どちらもずいぶんむかし観たけれど、いつかまた観てみたいと思っていた。とりわけアンナ・カリーナ主演「女は女である」。赤いニットのカーディガンにベージュのコートをはおって石畳の街を躍るように闊歩するアンナ・カリーナ。ちっちゃなエプロンを腰のうしろで結んで、半熟卵を作ろうとして卵を床に落としてしまうアンナ・カリーナ。バーのすみっこで拗《す》ねて酒をあおるアンナ・カリーナ。あの可憐なひとにもう一度逢いたい。

ひさしぶりの「早稲田松竹」は見違えるほどあたらしくなっていた。この映画館の紆余曲折を知ると、通い詰めた者でなくても、地元の住人や早稲田の学生でなくても、ある種の感慨を覚えるはずだ。一九五一年、松竹映画の上映館としてオープンしたのち一九七五年に名画座となったが、愛されながらも二〇〇二年に休館。惜しむ声にあと押しされ、再開の運びになった。二本立てで入れ替えなし、出入り自由のシステムは昔のまま。チケット一枚千三百円、二本観ても一本だけ観て出ても、おなじ料金。一本観たあと、受付に申し出れば、外出してから戻ってきて二本めを観てもいい。お客がリクエスト映画を記した紙を壁のボードに貼るのも、「早稲田松竹」ならではの慣わしだ。改装されたあとも佳き時代の名画座の空気が残されている。

「ねえ、ニガイはなにに決めた?」

中ほどに席をとって落ち着くと、隣の席のカップルの女の子が隣の男の子に話しかける声が耳に入った。声も様子もずいぶん初々しいから、きっとこの春早稲田に入ったばかりだ。かんがえてみたらゴダールを初めて観た三十数年まえ、わたしは彼らとおなじ年だった。一瞬軽くめまいがした。

「おれ、ニガイはスペイン語」

そうか、ニガイは「第二外国語」の略なのか。女の子がたたみかけた。

「パンキョーはさ、いろいろあるから逆に悩むよね」

すると男の子が声を上げた。

「へ? パンキョーってなんのこと?」

わたしにもわからない。

「え。一般教養のことだよ。やだ知らないの」

「そんなのいま初めて聞いた、おれ」

きみがわざわざゴダールを観にきたのは、たぶん彼女に誘われたからだね。おなじ十八でも、彼女のほうが一枚も二枚も上手だ。がんばれ、こころのなかで小旗をふる。

「ウイークエンド」は、ゴダールが六〇年代に振りまいた才気煥発ぶりがあいかわらず憎らしいほどだった。破天荒に錯綜した叙事的な物語はやっぱり魅力的だ。一九六七年に公開された翌年にパリ五月革命は起きた。

アンナ・カリーナはとびきりすてきだ。赤いカーディガンをうしろまえに着こなすパリっぽいファッションだって、彼女ほど似合う女はいない。夜中に喧嘩して本の表紙のタイトルだけで会話するシーンは、計算ずくの演出とわかっていてもやっぱりうなる。アパルトマンの部屋を自転車でくるくる廻るジャン＝クロード・ブリアリも、ポケットに手をつっこんですかした表情のジャン＝ポール・ベルモンドも、あの日のままちっとも変わらない。スタイリッシュな色彩、自在なカメラワーク、シャルル・アズナヴールの甘い歌声、また逢えてほんとうによかった。

映画館を出ると、早稲田の町はとっぷり暮れていた。幸福な気持ちに満たされて地下鉄高田馬場駅まで歩き、改札を抜けながらふと思い出した。アンナ・カリーナがゴダールと結婚したのは「女は女である」を撮った一九六一年だった。あのかわいらしさはゴダールが彼女に捧げたオマージュ。ふたりは数年のちに離婚した。

「有りがたうさん」

地下鉄神保町駅を上がって神保町交差点に立つと、いつも浮き足立つ。本と映画とうまいもん。誘惑がたくさん輝いているから、ちっちゃいこどもみたいにどうしていいかわからなくなってしまう。頭のなかがふくらみきって立ち往生しそうになる。だから、神保町にくるときはあらかじめ最初の目的を決めておく。

きょうは古い映画を観る。

監督・脚色　清水宏「有りがたうさん」一九三六年　松竹作品。

すずらん通りを入って角を曲がってすぐ、「神保町シアター」は客席九十九席のミニシアターである。いつも上映週間ごとのテーマがなかなかしぶい。この春は「昭和の原風景」。昭和の風景や日常をあざやかに描き出す映画の数々を集めて日替わりで上映するのだが、清水宏監督作品はそうそう掛からないから見逃せない。そこで目をつけたのが「有りがたうさん」だった。

五月晴れの昼下がり、神保町交差点に立って時計をたしかめると上映時間まで四十五分ほど空きがある。いや、ほんとうをいえばちゃんと時間が空くように早めにきた。じつは、野望がひとつあった。

最初の行き先は「ランチョン」。肉汁ほとばしる揚げたての熱いメンチカツを頬ばりながら、冷たい生ビールをきゅーっと一杯。そのあと待望の「有りがたうさん」。出がけにそう決めたら、いちどきにテンションが上がった。観たかった映画なのにわざわざおあずけを食わせ、なのにおあずけじたいが大ごちそう。

一年半ぶりの「ランチョン」だった。黄金色メンチカツは男前の味。ぱりっと勢いのいい衣の歯ごたえを追いかけて、じゅわあっと肉汁が広がる。つぎのひと切れはたっぷり辛子をつけよう。ジューシーな肉の味が広がったところで、生ビールをごくごくごく……。ガラス窓の向こうでは通り沿いに古書店が並んで手招きしている。

思わず「生ビール、おかわり!」と叫びそうになるが、それだけは我慢する。そもそも映画のまえのビールほど危険なものはない。座席に座ってスクリーンを眺めるうちだんだん気持ちよくなって、はっと気づいたらこっくり船を漕いでいたことは何度もある。だから、「有りがたうさん」のまえの「ランチョン」は危険な賭けなのだが、食い意地の虫が騒いだから仕方がなかった。

「有りがたうさん」は、トーキー初期時代に南伊豆で撮られたロードムービーだ。伊豆を走る定期便の箱型ボンネットバスの運転手は上原謙。すれ違いに道を譲ってもらうたび誰にでも「ありがとう」と声を掛けるので、「ありがとうさん」と呼ばれている。乗客は、東京へ売られてゆく娘とその母親、街から街へ流れる娼婦、妖しげな紳士ふう、お産に駆けつける医者、祝言に出かける夫婦……それぞれの人間味を描きながら、運転手とのデリケートな交流が綴られてゆく。なかでも黒襟の娼婦役の桑野通子が絶品だ。山仕事を終えてつぎの労働現場へ移動してゆく朝鮮人労働者との触れ合いもせつない。

場内が明るくなっても、しばらく席に座っていたかった。昭和十年当時の伊豆の自然が醸しだす、のびやかな情感。ひととひとが触れあうときに流れるやわらかな空気。ふとした折りに見せる日本人の所作にも、昭和への恋慕をかきたてられる。ああ、かつての日本人はこんなふうに挨拶を交わした。こんなふうに腰を折ってお辞儀をした。七十余年の歳月のへだたりに思いを馳せ、清水宏に「有りがたうさん」。

いましがたの感動を逃したくなくて、帰りがけに近所の「さぼうる」に移って熱いコーヒーを一杯飲んだ。

「早春」

「ねえこんどの土曜、オールナイトに行かない」

早稲田の文学部四年生で、三つ年上の聖子さんがときどき誘ってくれた。七〇年代、大学生の頃の話である。行き先はたいてい池袋「文芸坐」だった。ふだんは二本立て二百五十円、土曜のオールナイトは五本立て五百円。トリュフォー、ルネ・クレール、ゴダール、ルイ・マル、小津や黒澤の特集にはじまって東陽一や神代辰巳、はたまたバスター・キートン特集まで掛かるのも「文芸坐」ならではだった。とはいえオールナイトで立て続けに五本をこなすのは体力勝負で、朝までがんばって外に出ると日曜の朝の光が目を射て、急に疲れが噴き出た。それでも学生仲間二、三人連れだって池袋に繰り返し通ったのは、映画館の暗闇のなかに棲む熱を知ったからだ。

いまでも池袋と聞けば、あのころの「文芸坐」の湿り気を帯びた猥雑な空気が現れる。いったん映画館の暗闇に身を置けば、そこには自分の居場所がたしかに与えられていた。池袋駅西口からいったん線路の下のトンネルをくぐり、路地を左へ進んで「文芸坐」に通っていた。いまでは名前を変えて「新文芸坐」。一九九七年に老朽化や経営難のため閉館に追いこまれたが、その後建て替えられて復活した。そもそも「文芸坐」は一九四八（昭和二十三）年、作家・三角寛が「焼け野原の池袋に文化の灯を灯したい」と開いた「人世坐」の姉妹館で、その精神が平成に引き継がれて蘇った格好だ。二〇〇九年の大目玉は「芸能生活70年　淡島千景の歩み」と題した淡島千景特集だった。

上映内容をチェックすると、今井正監督「にごりえ」、渋谷実監督「もず」「てんやわんや」、豊田四郎監督「花のれん」……観たい作品が目白押し。ところが自分の都合となかなか折り合いがつかず、ようやく日曜日にもぐりこむことができたのが小津安二郎監督「早春」である。

チケットを買って館内に足を踏み入れると、すでに老若男女の熱気が渦巻いている。じつはこの日、一回め上映の「早春」「麦秋」終了後、淡島千景さんのトークショーが行われていた。小津ファンなのか、淡島ファンなのか、どちらにしてもすごい。ぎっしり立ち見まで出て大盛況だ。

場内に入れず、洩《も》れ聞こえてくる淡島さんの声に耳を澄ませる。

「小津先生が、自分のすきなように動いていいよ、自由にやっていいんだよっておっしゃった映画が『早春』なんです」

「でもね、そんなのむりでした。いくらすきなように動いていいって言われても、きっと先生が求めていらっしゃるのはこういう動きだろうなって無意識にかんがえてしまう。いちど小津組に入っちゃうと癖がついてるのね。先生に慣らされちゃってる」

映画館の空間と歯切れのいい淡島さんの声がすてきに響き合っている。改装されても、館内のあちこちには戦後からずっと呼吸しつづけてきた映画のたましいが棲む。割れんばかりの拍手に送られ、花束を胸にロビーを横切っていった淡島千景さんはスクリーンのなかのはつらつとした魅力のままだった。

名画の魅力のひとつは、歳月を重ねたのちふたたび観ると、またべつの味わいが発見できるところだ。しばらくぶりの「早春」は、ずいぶん苦い映画だった。こどもを亡くして倦怠のまま暮らしを営む夫婦の日常を描く一編なのだが、脇を固める役者がすごい。戦友役の加東大介の曲者ぶり、上司役の中村伸郎の嫌み、バーで隣り合わせる客の東野英治郎の厭世、仲人役の笠智衆のおさまり、圧巻は母親役の浦辺粂子の世慣れた風情。それぞれ軽みのなかにドスの効いた人間味を漂わせ、池部良と淡島千景の夫婦にあざやかな陰影を投げかけていた。さらにラストシーン、窓辺に佇む夫婦の意味深な立ち位置にぞくりと粟立つ。

「月曜日のユカ」

郵便受けになつかしい字のはがきを見つけたときは、きょう一日にぱっと明るい光が差しこんだうれしさを感じる。そして、長年観たかった映画に出逢った日も。

十三時「月曜日のユカ」
十五時「地図のない町」
十七時「あした晴れるか」

十九時「砂の上の植物群」

きょうの「ラピュタ阿佐ヶ谷」のスケジュールは、きら星の瞬き。いずれも監督は中平康。この春の「ラピュタ阿佐ヶ谷」は攻めている。四月から二ヶ月にわたって「孤高のニッポン・モダニスト」と銘打ち、中平作品の選りすぐり三十四作を連日の大特集中だ。観たい作品が目白押しなのだが、なかでも加賀まりこ主演「月曜日のユカ」。長年スクリーンで観たかったのにすれ違ってばかり、一九六四年作の逸品なのだが、特集期間中に四回だけの上映である。いま見逃したら二度と機会は巡ってこないかもしれない。

おなじ思いのひとが館内にあふれていた。二十分ほどまえに「ラピュタ阿佐ヶ谷」に着くと、ちいさなロビーが続々と混雑してくる。「いらっしゃい」と出迎えるのは、壁に貼られた石原裕次郎主演「狂った果実」の古いポスターだ。若きトリュフォーが絶賛したという裕次郎と北原三枝主演のこの一編は、中平康の才気ほとばしる一九五六年作。それから半世紀をまたいで、中央線沿線のちいさな名画座にお客が押しかけている光景にぞくぞくする。名画は生きているのだ。

「整理番号十番までのお客さま、どうぞお入りください」

入りぐちで案内がはじまった。わたしは四十一番。

「月曜日のユカ」って、まずタイトルが洒落ている。十代を演じる加賀まりこは和製ブリジット・バルドーなんて呼ばれるけれど、加賀まりこは加賀まりこ、ワン・アンド・

オンリーの魅力だ。タイトルバックの映像からして目はくぎづけ。立木義浩のスティール写真が服を脱いでいき、モノクロ画面のラストカットが動き出すファーストシーン。独自のスタイリッシュな映像がいきなり酔わせてくれる。

ユカがパトロン役の加藤武に向かってしなだれかかり、「ねえパパ」と呼ぶ。舞台は横浜、愛人や恋人を手玉に取る奔放さが小気味いい。ときどきストーリーを無視してスラップスティックのルーティンワークが放りこまれるのも愉しくて、技巧派、中平康の面目躍如だ。べたつかず、さらっと乾いている。似た手合いの映画監督がだれかいるなあと思い出したら、川島雄三。六〇年代の日本映画のヌーヴェル・ヴァーグといえば大島渚、吉田喜重、篠田正浩あたりだろうけれど、中平康はもっと評価されていい。

加賀まりこのかわいらしさ、これはもう日本映画史上に残る。中尾彬のチンピラ風情も、加藤武の苦み走った男ぶりも、コケティッシュな北林谷栄もすばらしい。軽妙洒脱、テクニックとスタイルで見せながらこんな遊びをちょいと本気でやってみました。中平康がスクリーンの陰でにたりと笑う、加賀まりこが鼻唄まじりに埠頭を歩いていくラストシーンにそんな様子が重なった。

すきな名画、気の合う名画は幸福な一日を連れてくる。おもてに出たら初夏のような陽気にうれしくなって、てくてく高円寺まで歩きたくなった。むかし通ったちいさな喫茶店で冷えたビールを飲みながらサンドウィッチでも食べよう。

植物園にいこう

雨が降りつづいている。きのうも、おとといも雨だった。降りみ降らずみ、いっとき雲間が切れても、また降りはじめる。梅雨空はどれだけたくさんの水を湛えているのだろう。

野山も田んぼも、水の恵みを受けていのちをはぐくむ。わたしの家のささやかな庭でも、植わった植物の緑が濃い。オリーブ、コデマリ、イヨカン、ヤマブキ、それぞれに緑の濃度をぐんとふかめている。一ヶ月まえ植えてみた八重のカシワデアジサイは、すでに穂先まで白い花がびっしり。そこに水滴をたっぷり溜めこんで、もう重みに耐えきれませんと訴えながらしなだれている。

朝の梅雨空を見上げる。銀いろの絹糸のような雨が切れめなく降りつづけるさまを眺めていたら、部屋のなかにいるのに水の世界へすうっと引きこまれ、水をもっと親しく感じてみたくなった。

植物園にいこう。長靴をはいて、傘をさして、緑を眺めながら雨のなかを歩こう。

なじみの深い植物園がある。それが東京都立神代植物公園だ。梅、桜、藤、薔薇、しゃくなげ、そろそろ蕾が開いたかな、頃合いを見はからって四季折々に足をはこぶ。娘がちいさかったときも、よく通った。遠足気分で広大な園内をのんびり散歩して、芝生のうえに腰をおろし弁当を開ける。青空を仰ぎながら緑に囲まれてほおばるおにぎりは晴れ晴れとした味だった。でも、雨の日に来たことはない。曇り空のときは、ひと雨きそうだから、などと二の足を踏んだ。

ひさしぶりの神代植物公園は、雨の匂いに包まれていた。入園料五百円を払って門をくぐると、ずらりと並ぶハナショウブの鉢植えに迎えられた。雨雲が垂れこめた鈍《にび》いろの空からしきりに雨が降り注ぐのだが、まるでどこかに消音装置が仕掛けられているかのように雨音はすうっと消え、正体をなくす。

テントの下にボランティアの案内のおじさんおばさんが三、四人、手持ちぶさたの様子でおしゃべりしている。そこへ近づいて、手書きの掲示板を読む。

今咲いている花

バラ各種　ハナショウブ　ハグマノキ（スモークツリー）　アジサイ　ハンゲショウ

ネムノキ　オオヤマレンゲ　タイサンボク　ザクロ　ナツツバキ

雨ざらしのホワイトボードに花の名前が記してあるから、忘れないように五回ほど繰り返して読んだ。

「ネムノキはね、ほら池があるでしょう、その左がわのほうにおおきなのがあるから、見てごらんなさい」

ボランティアのおばさんが教えてくれる。

「ネムノキって、知ってるでしょ。ちょうど梅雨の時季に赤い花が咲くのよ」

はい行ってみますと応え、最初の目的ができた。目のまえのつつじ園を回りこんだところに長細い池があり、その左にネムノキがあって赤い花が見つかるというのだが、雨に煙って見通しがわるい。

「あれかな」

「いいやちょっとちがうだろう」

連れ合いと並んで首を伸ばして見回してみるのだが、なかなかそれと断定できない。

「おかしいな、池の左って教わったのに」

「もう散ってしまったんじゃないのか。まあいいよ、またあとで見つければいいよ」

うながされて歩きだし、水たまりを三つほど越えたあたりで、ほうっと息を詰めた。

オオヤマレンゲだ。繁みの奥まったところ、ふくよかな厚い花弁をひろげた純白のオオヤマレンゲが一輪、雨のなかでひっそり咲いている。光のないこんな日は、純白がいっそう冴える。なんという幻想的な光景だろう。山ふかいところにしか咲かないオオヤマレンゲにここで出逢うとは。狐につままれた気分で浮世離れした高貴な佇まいを仰ぐ。

雑木林にはいると、びっしり群生しているクマザサ。つるぎのように尖った葉のおもてが濡れていっせいに光っている。歩を進めると、足もとに黒ずんだ陰影をつくるリュウノヒゲ。見慣れた植物なのに、雨に打たれて濡れそぼった様子に妖しさがある。雨を受けとめつづける背のひくい植物の濃厚な気配が、あたりの空気を塗りかえていた。

木の幹にも見入った。

つぎつぎあらわれるオオシマザクラ、ケヤキ、シラカシ……近づいてみると、雨水が葉から枝に伝わり、枝から幹に流れ、厚い皮のうえをつたって滴り落ちている。水が沁みこんだ厚い皮が湿気でふくらんでなまめかしく、触れた指の腹にしとやかな木の皮が食いこんできた。

「木の皮だってちゃんと生きているのねえ」

感嘆していると、数メートル先の木陰から声が掛かった。

「こっちもきれいだ」

ほら、と指差す方向へ急ぐと、アカマツの大木である。ずしりと重厚感を漂わせるアカマツの幹に、しとどに濡れた緑の苔がふかふかの絨毯をつくっている。これ以上水を含みきれず、苔の先端から針のようにちいさな水の玉が滴って苔の下限に集まったのち、つーと幹を連れだって滑り降りてゆく。

もう雨は、気にならなくなっていた。歩く場所によって耳に響く雨音がちがう。

ぽつぽつ、ぱらぱら、ぱたぱた。

風が吹けば、ばらばら、ざばざば、勢いがつく。

雨が鳴らす音はじつに多彩だ。繁る枝葉の密度、葉一枚の厚さ、おおきさ、枝の張りだしかた、樹木の高さ低さ。自分のさした傘にも当たって、平均律のようにあたりに反響するのだが、音符はたちどころに植物園の静寂に吸いこまれ、反響も余韻も残さない。散策をはじめてから三十分たつかたたぬか、しかし雨は圧倒的な情景を見せつづけていた。

池のなかほど、瓢簞のようにくびれたところに橋が架かっている。その橋を渡って右に回ってしばらく進むと、おおきなバラ園がある。雨の日のバラも見てみたかった。

橋を渡りかけた向こうがわ、池の土手沿いにアジサイが群舞している。紫、群青、白、赤紫……ぽっかり宙に浮かぶ、無数のまあるいぼんぼり。光が射さなければ、鮮やかな色彩は明度を潜めて現実感がない。いままで何度も通った場所なのに、ここがアジサイの群生地とは知らなかった——。

「梅雨の時季に来たことがなかったんじゃないか。かんがえてみたら、傘をさして歩いた記憶はないものな」

傘をさしながら、池の亀がぷかぷか泳いだり、水たまりの水紋が弾むのも目にしたことはなかった。

さて、バラ園である。神代植物公園のバラ園は、オールドローズ園と沈床式のバラ園に分かれている。オールドローズはバラの野生種で、北半球に約二百種あるという。四季性のバラが作出された一八六七年以前はすべてオールドローズに分類される。どっちの園も咲きはじめる五月なかばから、バラ目当てに訪れるひとでにぎわう。

興味しんしんで足を踏み入れてみると、あら？

あんまり変わらないんですね、バラ。花びらの繊毛のうえに水滴が球を結んでいるのだが、雨と馴染んでいる印象がうすい。

「カトリーヌ・ドヌーブ、華やかで色っぽい」

「こっちはミスター・リンカーン。小ぶりの真紅できゅっとしまってりりしい」

「まっ赤なビクトル・ユーゴー、文豪はオレサマ度たっぷり」

「クイーン・エリザベス、うつむいてます」

バラの名前を読み上げていると、つぎに現われたのはダブル・デライト。雨のしずくが赤とクリームイエロー、ダブルの花びらを引き立てていた。

バラ園に隣り合わせて、なだらかな芝生がつづく。雨を吸いこみつづけてふっくらとやわらかな濃緑のうえを、黒いかたまりがぴょんぴょん飛び跳ねている。

カラス。雨などものともせずはねつけ、光沢を増したにくらしいほど艶やかな羽。鋭いくちばしを器用に操って芝生をさかんに突っつくと、くちばしの先端に長細い茶の紐がぶら下がった。

「なんだろう」

「みみずだろう。雨だから、みみずが土中から上がってくる。そこをすかさずカラスがさらう。まさに自然の循環の風景」

「それにしてもりっぱなみみず。さすがは植物園だなあ」

太いみみずがくちばしのあいだでくねる。勝ち誇ったようにカラスがちょんちょんと首を振って躍りに威勢をつけた瞬間、くねくねダンスは消えた。満足したカラスは素知らぬ顔をして、芝生のうえを二本足でぴょんと跳ねてゆく。

傘がはじく音が急によわくなった。かざした傘を傾けると、いつのまにか雨は小降りに変わっていた。

「もう止むね」

え、もう。つまらない、もっとどさどさ降ればいいのに。

雲がすっと左右に引き分かれ、やわらかい光が射しこんだ。銀いろの絹糸がするすると天に引き上がると、あたりの空気にすがすがしい透明感が生まれた。

傘をたたんで、植物園の小径を歩く。しばらく進むと、針葉樹園にさしかかった。つんつん尖った細い葉はラカンマキ。いぜん通りがかったとき、木のまえに立っている掲示板で名前をたしかめたことがあった。細い枝を一本ひっぱって、はずみをつけてぴょんと離すと、身震いしながら飛沫がいっせいに宙に踊った。

「なんだろう、あれ」

三メートルほどさきを歩いていた彼が、立ち止まって大木の枝ぶりを見上げている。視線のさきをたどると、ペパーミントいろの卵状の球形がヒマラヤスギの枝のさきに一つ、二つ、すっくりと天を目指して立っている。目が慣れてくると、数え切れない球がついているのが見えてきた。ぼこぼこ。生まれてはじめて目撃する奇妙な光景だった。松ぼっくりにそっくり。ヒマラヤスギもあのなかに種子をつけるのか。

雨に誘いこまれるまま歩きつづけて一時間半が過ぎていた。雲はどんどんちぎれ、青空の気配のなかで、水たまりが揺れている。

夏のひとりごと

朝いちばんのゴーヤー

起き抜けに新聞を取りにいくのが習慣なのに、米研ぎに気をとられてうっかりした。七時半を回って気づき、あわてて門のいりぐちまで出ると、すでに日射しがはげしい。毎朝の習慣になっているのが、隣家のゴーヤー観察である。

となりの家から、フェンス越しにゴーヤーの蔓が侵入している。フェンスを超えてこっちの敷地に六本か七本の蔓が垂れ下がり、育ちつづける。蔓に繋っている葉を目で探っていると、ゴーヤーがふたつ、実を結んでいた。二日まえは親指くらいだったのに、今朝は中指くらいの長さにふくらんで、いぼいぼも大きい。がんばれ、ゴーヤーのちびっこ。広告がずっしりはさみこまれて持ち重りのするぶ厚い新聞紙を握り、声援をおくる。

蟻の隊列

夏の朝の蟻は、尻をふりふり鼻息荒くはりきっている。黒いからだにやる気をみなぎらせ、わたし本日もめいっぱい働きます、見ていてください。黒い艶を輝かせ、さも忙しそうにおもてをゆく。

部屋に戻って新聞紙を抱えたままなにげなく窓ぎわに立ち、視線を落とすと、庭先の白いタイルのうえを、粟粒みたいな黒い点々が連なって行進していた。うごうご、せっせ、音のない音が耳に響いてくる。

サンダルを突っかけて、蟻の隊列を見にゆく。日向にしゃがむと、朝から汗をかくので、からだを置く位置が日陰に入るように腰を下ろす。隊列は、タイル沿いにまっすぐ進んでおり、角の垂直のところで律義に折れ曲がって向こうがわに消えているので、隊列の先端がいったいどこに向かっているのか、こちらからではわからないので視線をもとに戻し、隊列のはじまりを探す。

つめたい水を飲む

夏の休日は、いちにち家のなかで身を潜めるようにして過ごす。家のなかという日陰からのぞきこむようにしておもての炎天をながめるのがすきだ。日陰の心地よさを味方につけて、余裕しゃくしゃくの気分に浸る。

着るのは木綿の夏のワンピース。ノースリーブのすとんとまっすぐなやつ。布地をざくざくはさみで切って一直線に縫っただけのごく簡単なものだ。何度も洗っては乾かしているから、布地がさっくりとやわらかく肌に触れる。木綿と皮膚のあいだを風が通り、着ているような、なにも着ていないような。もちろん素足。顔もすっぴんのつるつる。手と足をてきとうに振りまわして、ラジオ体操のまねごとをする。

台所に行き、コップに水を汲む。たくさん注ぐと飲みきれないので、半分よりすこしだけ多いくらい。足りなければ、また飲む。台所に立ったまま、一気呵成にのどをめがけて流しこむ。ごくごく、ごくごく。流れこむ速度と嚥下《えんげ》する速度がずれて、口のはじから水が垂れたりする。からだの芯に、つめたい一本の道すじが通る。

拭きそうじをする

きょうは家のなかから出ません。そういうとき、殊勝なことをなにかひとつしてみたくなるので、つくづく貧乏性だなと思う。

拭きそうじ。

夏はこれでしょう。ぎゅうっと固く絞った雑巾を床に当て、ちからをこめて拭けばきれいさっぱり！

こどものころ、夏休みの日課があった。

「一日にいちど、床の拭きそうじをする」

母のくちぐせはこうだった。

「夏は窓を開け放つから、そのぶん砂ぼこり土ぼこりもいっしょに室内に入ってきて、床がざらざらする。午前中に拭くと一日じゅう気持ちがいい」

朝ごはんを終えてひと段落すると、母は掃除機をかけた。そののち、バケツに水を満たし、台所のすみに置く。そこへ三枚の雑巾を入れて絞り、母、わたし、妹、三人が手分けをして床を拭くのである。小学校のときの午前中の日課で、床の水拭きをすませれば大手を振って夏休みのこどもになれた。何十年もまえなのに、いまでもその記憶に突き動かされてしまう。

雑巾は、使いふるしのタオルを二枚重ねにしてジグザグに運針縫いをしたもの。水に浸してから一方向に絞り上げ、掌のおおきさに畳んで折る。床に当て、動かす方向は木目と平行。往復させると、汚れが行ったり来たりすることになるから、一方向に向かって拭く。これが、母に教わった拭きそうじの方法である。バケツの水が汚れたら、途中で入れ換えること。雑巾の汚れを落とすときは、布をしごいて汚れを水のなかへ出す——さまざまな細かい事項は、いまも頭の引き出しにしまってある。

あのころのように、午前中のはやい時間に拭きそうじをする。ひと通り拭き終えると、家のなかがひとっ風呂浴びたようにすがすがしい。雑巾をベランダに干し終えると汗みずくになっており、シャワーの時間だ。

真昼の照り

ま昼の照りきはまりに　白む日の、大地あかるく　月夜のごとし　　折口信夫

気温がぐんぐん上がり、容赦のない暑さが路面を照らす。炎暑である。これでもかというほど照りつける太陽の光はいまや極まって、むしろ月夜かと思うほど。折口の目に

映った光景である。

いっそ月夜といってしまいたい突き抜けた明るさ。そら怖ろしい真夏の真昼の光景が目のまえにある。

どの本、読もう

こどものころ、夏が来るたび思った。読書感想文も課題図書もなければ読書はもっとうれしい。

決められた本を読まされるのがいやだった。最後のページまで読んだらそれでおわりにしたいのに、そのさきで宿題も待ち受けている。本を読むのはだいすきなのに、なにかにじゃまされている感じ。はやくおとなになりたかった。おとなになったら、思うさますきな本が読める。

ところが、おとなになったら読まなければならない本に囲まれるしごとに就いた。いつも、読むべき本が積み上がっている。すでに活字中毒に仕立て上がっているから本望なのだが、ときにはしごととは一切関係のない野放図な読書がしたい。

ごくたまにそういう時間がやってくる。ソファに寝っころがって、気ままに活字を追いつづける野蛮な読書のひととき。
今年の夏休みは、こんな本を読んだ。
『木犀の日』古井由吉（講談社文芸文庫）
『バーナム博物館』スティーヴン・ミルハウザー（白水Uブックス）
『汽車旅放浪記』関川夏央（新潮文庫）
『樋口一葉　日記・書簡集』（ちくま文庫）
『夜想曲集』カズオ・イシグロ（早川書房）
『聖母の贈り物』ウィリアム・トレヴァー（国書刊行会）
『肝心の子供』磯﨑憲一郎（河出書房新社）
『夜ふかしのコント』ミッシェル・トゥルニエ（パロル舎）
『一草一花』川端康成（講談社文芸文庫）
『酒肴酒』吉田健一（光文社文庫）
『私の東京町歩き』川本三郎（ちくま文庫）
『忌野旅日記』忌野清志郎（新潮文庫）
ふだん読みたかったのに、余裕がなくてなかなか開けなかった、または繰り返し読みたかったのに時間がなかった本のあれこれ。

寝そべる

ぺたんと寝そべりたい。ほんとうは畳のうえにごろりといきたいところなのだが、家のなかに畳がない。さらりと乾いた畳の肌ざわりを恋しく思いながら、ソファのうえにごろり。だれもいないから、床のうえにも転がってみる。

寝そべると、家のなかの風景が違う。床に近く、天井から遠い。距離の違いは自分の背丈のぶん、まったくべつの風景になる。椅子の脚を見上げたり、テーブルの下から窓ごしにそとを眺めてみたり、天井を見ていると、じぶんのからだのほうが宙に浮かんで、そこから天井という地面を見下ろす浮遊感が味わえる。

八月の午睡

眠気とだるさが波のように押し寄せ、引いてはまた寄せてくる。蜘蛛《くも》の糸にからめとられてどこか知らない場所に墜ちていこう。

八月の午睡は溶ける。とろける。正体がなくなる。友だちの家に遊びに行って、つい目を閉じたらうっかりうたた寝をしてしまったとき、あのばつのわるさにも快感がある。夢はほとんど見ない。八月の午睡は、そのものが夢のなかのできごとみたいだから。

白玉だんご

こどものころはカルピスと決まっていたけれど、おとなになったら、夏は白玉だんご。つるり、すべすべ、もっちり、ちゅるん。氷のなかに浮かべるところからして涼やか。ボウルに入れた白玉粉にすこしずつ塩梅をみながら水を注ぎ、手のつけ根を使って、ちからづよく押してこねる。まんべんなく水気が浸潤したら、ころころの玉にまとめ、熱湯でゆでて浮き上がってきたところをすくい、氷水に放つ。たったこれだけなのだが、意外に慣れが必要だ。白玉だんごが上手にこしらえられるようになったら一人前だなと思ったりする。

冷やしたら、そのまま砂糖をかけて食べるのがすきだ。

風鈴の音

三十年ほどまえ。ふるい日本家屋に住んでいたとき、夏になると軒先にすだれを垂らし、風鈴をぶら下げていた。夕風が吹くと、ちりりん、涼しげな音が鳴る。

ある日暮れどき。隣家のおばあさんがやってきて、玄関先で申しわけなさそうに言った。「じつは夏休みなので孫の受験生が泊まりにきていましてね、なんですか、風鈴の音がうるさいと申すんですす。こんなに気持ちのいい音ですのに。何度もそう言ったんですが、勉強のじゃまになる、音がしないよう頼んでくれと言い張って」

ほんとにすみませんね、何度も頭を下げながら、おばあさんは帰っていった。

なるほど、そんな受けとりかたもあるのだと思いながら、軒先の風鈴をはずした。おばあさんは、失礼なことで、と繰り返したけれど、腹は立たなかった。自分にとっては心地いい風鈴の音も、状況の違いひとつでじゃまになることがある。ひとつ勉強になりましたとおばあさんの背中に向かってつぶやいた。

水まき

夏の雑草の勢いには、たじたじとなる。伸びほうだい。勝手気まま。照りつける日射しに全身で向かってゆくようにして繁る茎や葉には、野放図に暴れる野生のうつくしさがある。

つかの間に夏草胸を没しけり　　横光利一

鼻先にくぐもる青い草いきれ。日向の匂いがあたりを包みこむ。いつのまに、こんなに伸びてしまったのだろう。夏の勢いに圧倒される。
明治四十三年、永井荷風の随筆「夏の町」には、こんなくだりがある。

縁先の萩が長く延びて、柔かさうな葉の面に朝露が水晶の玉を綴つてゐる。石榴の花と百日紅とは燃えるやうな強い色彩を午後の炎天に輝し、眠むさうな薄色の合歓の花はぼやけた紅の刷毛をば植込みの蔭なる夕方の微風にゆすぶつてゐる。

植込みの蔭には、夏の夕暮れがひそかに息を潜めている。夕方の風が吹くと、それまで強烈だった光と影のコントラストが緩む。葉のおもてと裏、それぞれの光と影が薄まりはじめる。昼間は炎暑の激しさをはじき返すことだけで精一杯だったが、ようやく夏の光と睦み合う方法を見つけたかのようだ。

庭に出て、水まきをしよう。栓をひねってホースの水を散らすと、乾いた土が口を開けてぐんぐん水を吸いこむ。幸運なら、自分の撒く水で庭先にちいさな虹がかかる。

せっつかれたように鳴きはじめた蟬の声に耳を傾けながら、陽の翳りをながめる。庭のかたすみに溜まりかけたかすかな寂しさ。そろそろ蚊が飛ぶ。マッチ箱からマッチ棒を取りだし、しゅっと擦って蚊取り線香に火をともす。

木霊《こだま》を聞く

猫の額ほど狭いわが家の庭で、緑の濃淡の競い合いが起こる夏。ヤマブキ、オオアジサイ、アガパンサス、シュロ、コデマリ、終わりのない勢力争いを続けるところへ、二十年まえに植えて大木に育ったオリーブが木陰を投げかける。猫の額には猫の額にふさわしい植生がつくり出されているのだ。

オリーブの木を初めて植えた日のこと。高さ一メートルほど、ひょろひょろの苗木を二本、手に持ったときは拍子抜けするほど軽かった。元気に育つのだろうかと心配したが、一本は庭の中心へ、もう一本は場所を離して塀側へ。中心に植えた一本は土質との相性がよかったらしく、「ジャックと豆の木」の親戚かしらと思うほど、伸びに伸びた。太い幹から伸びた豊かな枝はメドゥーサの髪のようにわらわらと広がる。ところが、塀側の一本は様子が違った。葉はたくさん繁るのだが、どうも虚弱さが目立つ。もう一本の健康優良児ぶりと比較すると、同じ日に植えたのになぜ?と首をかしげる生長の遅さだったが、可愛らしさには変わりはなかった。

そのうちの一本の根元に鋸を入れる日が来ようとは想像したこともなかった。

いま、伊藤比呂美著『木霊草霊』（岩波書店）を読んでいる。思えば、庭があってもなくても、植物を育てていてもいなくても、ひとの暮らしはどこかで植物と触れ合っている。年にいちど満開の桜を見上げるだけでも、それはそれで一瞬の関係の濃さがある。四十一歳のとき、縁あってカリフォルニアに移住した詩人は、家の庭にたくさんの樹木を植えてきた。前庭の真ん中にはカリフォルニアコショウノキ。アンデスからやって来た外来種で、ヤナギのような繊細な葉だという。その枝に提灯のようにぶら下げたプレクトランサス、トラデスカンチャ、ネフロピレス、ホヤ・カルノーサ、セロペギア……「連呼していくと呪文にしか聞こえない」。塀際にはジャスミン、ゴムノキ。オキザリスの黄色い花、サルビアの赤い花も咲き乱れる。いっぽう、実家のある熊本の植物を恋しく想う。アメリカと日本を行き来しながら続けた介護ののち、母が死に、三年後に父が死に、いまでは係累のいない九州に繁茂するスギ、センダン、セイタカアワダチソウ、ススキ……なつかしく視線を注ぐ。

はっとさせられる一編があった。

「私はなぜパンパスグラスを殺したか」

パンパスグラスはススキを巨大にしたようなイネ科の植物で、原産地は南米のパンパ。

細い剣の形をした無数の鋭い葉が風になびく様子は目にも涼しく、秋に現れる銀色のふさふさとした穂は見とれてしまうほど美しい（じつは、パンパスグラスはいっときわたしの庭にも植わっていたが、株分けに失敗し、だめにしてしまった）。自然に生えてきたパンパスグラスに惚れこんでいたのだが、しだいに繁殖ぶりを疎ましく思い始め、ついに意を決し、庭師に頼んで株をずたずたに刻んで掘り起こしてしまう。

数年後のいま、自身の心境をこう書く。

「植物を殺すのは初めてじゃない。殺しても殺しても植物は生き返る。この株をここで殺しても、どこかで別の株になって生き返るような気さえするのだ。われわれみたいに、個は個で、死は死で、個が死んだらもうおしまいみたいな、そんな生き方ではけっしてない。それで気軽に殺してきた。みすぼらしくなった株や病んだ株は、見切りをつけて、根元から切り落としたりもした。でもあんなふうに、弱ってもいない大きな株を、人の手を借りてまでして、ずたずたに切り刻み、無くしてしまったのは、はじめてだ」（『木霊草霊』）

なぜ「殺したか」。その理由について、結論づける。当初の勢いを失って、しだいに老いが目立ち始め、「もの言いたげに、凄まじげに、つっ立って」いる姿を正視できなくなったのだ、と。

わが家のオリーブとおなじだった。虚弱だが細々と生き続けてきた一本は、高さ三メートルまで及んだとき、とつぜん息絶えて精気を失った。葉が枯れ、枝が折れた。果てる姿を見届けるのがつらすぎて、知人の庭師に相談して鋸を入れてもらったのである。高さ二十センチのところでぶっつり伐られたオリーブの木は、無残ではあったが、ほっと安堵しているようにも見えた。この先、ひょっこり若葉が生えてくることがないとも限らない。

植物は、一回きりの生ではない。いまある姿から、つぎの姿へ。植物相は流転しながら自分の生を生き続けている。

また逢えたら

塩豆腐ばかりつくっている。娘に「おいしいよ。つくってごらん」と薦められ、負うた子に教えられた。じっさい料理ともいえない手軽さなのだが、じつにおとなの味わい。酒の肴にもぴったりだ。「ハマる」というのはこういうことかと思いながら、今日も飽きずにこしらえる。

材料
絹ごし豆腐　1丁
塩　大さじ1

豆腐を買ってきたら、いったん豆腐を取り出して表面に塩をまんべんなくすりこむ。それを布巾できゅっとくるんだのをパックに戻して重しをのせ、冷蔵庫でひと晩置く。たったそれだけだが、豆腐に塩分が入っただけ水気が外にでて、豆腐がねっとりする。

この舌触りに「ハマった」。

箸で切り分けると、むっちりやわらか。なにかに似ていると思ったら、そうだモッツァレッラだ。ならば、とオリーブオイルをかけ、黒胡椒をがりっと挽いてみると、ねっとりした食感があとをひいてやめられない。娘は友だちに教わったと言っていたが、塩と時間がつくりだした名作である。

あるとき突然ひとつの料理に夢中になることがある。「マイブーム」という言葉が人口に膾炙《かいしゃ》する以前は、夢中になっている自分のようすを客観的に、つまり斜めから眺めてにやにや観察するのはむずかしかった。ことに二十代のころは、おなじものばかりつくり続けている自分を「意外に粘着気質なんだろうか」「さきに進まなくていいのか」などと思っていた。あのころ毎週のように何ヶ月もつくり続けた料理のひとつは「鶏肉と玉ねぎの重ね煮」である。

材料
鶏もも肉　2枚
玉ねぎ　2個
トマト水煮　1缶
月桂樹の葉　1枚

オリーブオイル、塩　適量

つくりかたは、やっぱりとても簡単だ。厚手の大きな鍋に、輪切りにした玉ねぎ→鶏もも肉→トマト水煮の順番に重ねて、二層か三層にする。上からオリーブオイルをたらり、塩をぱらぱら、月桂樹の葉をはらり、たったこれだけ。ふたをして一時間半ほど中火で煮ればできあがる。鶏もも肉はほろほろとやわらかく、鶏のうまみと玉ねぎの甘みとトマトの酸味が混じりあったスープがまたおいしい、水を一滴も入れていないのに。二十代前半のひとり暮らしにとって極上のおいしさがすみやかに、律儀に、鍋のなかに現れる。

誰がつくってもおなじ味にできあがるところに、二十二、三のわたしは反応した。誰がつくってもおいしい料理などあるはずがないと思っていたし、台所に立ちはじめたばかりだから自信がなく、地道な努力と日々の精進を重ねなければおいしいものはつくれないと怖じ気づいていた。しかし、誰がどうつくっても失敗のない鶏肉と玉ねぎの重ね煮から教わったのは、料理には勘どころがあり、それさえ押さえれば必ずしも複雑な手続きは必要ないということだった。

料理には道理がある。勘どころさえはずさなければ遠回りせずにすむ。この場合の勘どころとは、「素材には相性というものがある」「相手を得れば調味料は少なくていい」

「火と時間は味をつくりだす」などなど——あらゆる料理につうじる要諦であった。また、煮こんだ料理はひとをほっとさせるということも知った。

ところが半年ほど飽きもせずつくり続けたのち、「鶏肉と玉ねぎの重ね煮」は、ふっと姿を消した。十年ばかりまるきり忘れていた。そうして、あるときふたたび浮上し、夏場は露地もののトマトに変えてみたり、オリーブの実をたくさんくわえたり、刻んだパセリを入れてみたり、粉唐辛子を投入して辛くしてみたり、十年のあいだに身につけた多少の知恵と工夫をつぎこんで多様な展開をみせた。こうして記憶をたぐりながら、思う。あの料理は実地訓練のトレーナーだった。

ごく最近、わたしの朝ごはんに再登場したものがある。パンケーキである。

冷蔵庫のなかにある材料ですぐつくれる。毎朝食べても飽きない。甘いもの、しょっぱいもの、酸っぱいもの、なんにでも合う。娘が高校生のころしじゅうつくっていたのだが、あるときふっつり姿を消してしまっていた。

パンケーキの生地にはいろいろな配合があるけれど、いまはこんなふうにつくっている。

材料
小麦粉　1カップ

卵　1個
牛乳　1カップ
ヨーグルト　大さじ2
ベーキングパウダー　小さじ2
塩　ひとつまみ

ヨーグルトがなければないで問題ないし、ベーキングパウダーでふくらませなくても構わない。ようするに、粉と卵と牛乳さえあればパンケーキは焼ける。不動の組み合わせは三つだというところに、あの「鶏肉と玉ねぎとトマト」との符合を発見したりもする。ベーキングソーダも入れますというひともいるだろうし、溶かしバターを入れるひともあるだろう。オリーブオイルなら生地がしっとりします、と薦めるひともいるかもしれない。

食事のためのパンケーキは、おやつの時間のホットケーキよりハードルが低くて気がらくである。サラダのひと皿を添えたり、ベーコン、ハム、フルーツ、チーズ、気まぐれにいろいろ添えたりするからだろうか、「そのもの勝負」のシビアさがない。正解というものを要求してこないところがパンケーキという食べものの度量の広さであり、おもしろさだ。

ボウルに材料をぜんぶ入れて混ぜ、すこし置いて生地をなじませたらフライパンで表裏を焼く。生地をレードルですくってひと玉ぶん流しこむと、自重でおのずとまるくなる。返しどきは、表面にちいさな穴がふつふつと広がってきたタイミング。へらを差し入れてしずかにゆっくり表裏を返す（あわてると必ずしくじる）。フッ素樹脂加工のフライパンを使えば、こどもだって余裕のよっちゃんだ。朝っぱらから黒こげを目撃すると哀しくなるので、ふだんは鉄のフライパンを使うわたしも、パンケーキを焼くときはフッ素樹脂加工のフライパンに頼る。

パンケーキを焼くときは、かたちにはあまりこだわらない勝手放題。まんまるなら丹精、なりゆきまかせの楕円なら愛らしく、小さく焼いて何枚か重ねたり、生地をいちどきにざーっと流しこんで大きく焼けば切り分けるたのしみがある。ときどきバナナを刻んで生地に入れて焼いたりもします。食事がおおらかになる。

そんなすてきなパンケーキを、わたしは十数年もほったらかしにしてきたのだが、パンケーキは地中ふかくもぐって、きょうまで地熱を失うことはなかった。たったいまは姿を隠している料理、忘れているけれど、わたしにとってだいじな料理は、きっとほかにもたくさんあるのだろう。それはいつ、どんな瞬間に肩をたたくのだろう。

夜中の腕まくり

こどものころ、ぴゅうぴゅう音を鳴らして吹く北風が怖かった。ほっぺたをぷうとふくらませて木枯らしを撒き散らすお化けを想像して、ランドセルをしょった背中をまるめて帰り道を急いだ。家のなかへ駆けこめば親鳥の羽の下に潜りこめる。

おとなになったら冬の乗り越えかたを覚えた。しんしんと冷えこむ夜ふけ、北風の手の届かない場所に逃げこむ先は台所である。

五日まえの夜。地下鉄と電車を乗り継いでようやく駅までたどり着き、改札を出て歩きはじめたら横なぐりの北風がびゅう、びゅうと吹く。さっきまでの電車のなかの温気《うんき》がかき消され、路地から路地をつたいながら風にさらわれないよう家にたどり着いた。

風呂に浸かってひと心地がついたら、台所に向かいたくなった。廊下から一歩入ると、三方を囲まれた穴倉みたいな小さな台所。

冷蔵庫に牛すじが一キロ買ってある。

いつも牛すじは一キロ分買うので、手が勝手に動く。こしらえるのは醬油煮込みである。

二十二時四十分。パジャマにカーディガンをはおって、夜中の腕まくり。

牛すじは、質のよいものを選ぶのがすべての鍵である。上質で鮮度がよければ、腱《けん》も健康に張っていて色つやもすこぶるいい。T牛肉店自慢の牛すじは、今日もぴんぴんに光っている。

大鍋にたっぷり水を張り、コンロの火を全開にして沸騰させる。ぼこぼこ沸いてきたら牛すじ一キロを手でほぐし、熱湯のなかへ沈めて待っていると、ふたたび湯が沸騰してくる。

牛すじを扱うときの要諦は、こまめにあくをすくいながら下煮をすること。これをさぼると、あとで微妙な臭みが残る。おたまを脇から差し入れ、しきりに湧いてくるあくをすくってはボウルのなかの水に放ち、またすくう。

奮闘を繰り返していると、あるときすうっと潮が引き、牛すじから声が掛かる。

「ハイもういいですよ」

鍋のなかが、さらりとすき通っている。

ざるを流しに置き、大鍋の中身をあける。湯気もうもう、牛すじの甘い香りがふわあっと立ちこめ、ゆだった牛すじがぶりぶりに光っている。

粗熱がとれたら、ひとつずつ冷水にさらして洗う。

ざるのなかはカオスそのものの様相を呈している。

管のような細長いの。

固いゴムベルトの切れっぱしみたいなの。

もしゃもしゃの綿みたいなの。

むりやりちぎった太縄の切れっぱしみたいなの。

くりんと丸まったちくわの子分みたいなの。

混沌がここにある。

カーディガンの袖をまくり上げ、手を伸ばしてひとつずつ指でつまみ、水にさらしながら掃除をはじめる。よけいなぶよぶよやびらびらはキッチンばさみで切り除き、長いものは食べやすいおおきさに切っておく。

水洗いが終わると、ざるのなかの牛すじは風呂上がりのようにすがすがしい顔になっている。ぷりっといきのいい様子がたのもしい。

しんと静まった夜ふけ。


煮ものをこしらえるときは、気分がゆっくりしているときがいい。

くつくつ煮ているうち、うまみや香りがじわっと滲み出てあらたな味わいが生まれる。

そんな煮ものが好きだ。たとえば白菜と豚肉の煮もの。

三十年ほどつくり続けている一品で、最初はだれかに聞いて覚えた。それでもまちがえなかったのは、驚くほど簡単だったから。

つくりかたのポイントはこの四つ。

一、かならず豚ばら肉。

一、厚手の鍋に豚肉と白菜を交互に重ねる。

一、醬油、酒、ごま油をたらり。水は一切なし。

一、ゆっくりことこと煮る。

聞いたその当日か翌日、すぐ豚肉と白菜を買いに走り、さっそくこしらえてみた。そのおいしさは想像を超えていた。鍋に白菜と豚肉を交互に重ねただけなのに、ふかぶかとしたこく、濃密なうまみ。醬油と酒だけなのに、いったいどこからやってきたのですかと問いたいくらい、新鮮で意外なおいしさが鍋のなかに生まれていた。

何年も経って、本のページをめくりながら「わあ」とうれしくなった。愛すべき一冊、宇野千代著『私の長生き料理』(集英社文庫)のなかでこんな一節に出合ったのである。

「私は人から聞いたり、テレビで観《み》たりして、あ、旨《うま》そうだな、と思うと、早速真似をして作ってみる癖があるのです。真似をする間には、必ず、自己流の工夫をしますから、そうして作っているうちに私流の食べものが出来上がるのです。料理のヒントはどこにでもある。肝心なのは、この旨いものを作ろう、食べようという気持ちということでしょうか」

つぎの一行にこう続く。

「さて、この『豚肉と白菜の蒸し煮』も、私の真似料理の一つです」

宇野千代さんは、この一品を週刊誌の「男の料理」というページで出合って知った。写真家の浅井愼平さんが披露する料理だったという。

「作るのがいたって簡単な上に、こんなにおいしいものはないと思われるほどに心を惹《ひ》きつけられたのです」

たちまち魅せられ、「豚肉と白菜の蒸し煮」は宇野家の定番料理の仲間入りをした。『私の長生き料理』のレシピを見ると、調味料は塩だけ。仕上げに針しょうががたっぷり入る。すっきりとしたシンプルな味わいが舌のうえに鮮やかに立ち上がるようで、生つばを飲んだ。ごはんも進むにちがいない。

厚手の鍋にぴっちり豚肉と白菜を敷き詰めていると、いろんな台所とつながっているような気がするのもうれしい料理だ。

時計の針は二十三時十五分過ぎ、先を急ぐ。

ル・クルーゼの赤い大鍋に湯上がり、洗いたての牛すじを入れ、酒と醬油、みりんを注ぎ入れる。

醤油　3／4カップ
みりん　2／3カップ
酒　1・5カップ
ぜんぶ入れ終えたら、火は強め。いったん沸騰させてから中火に整えて、あとは鍋まかせ。下煮して洗ってあるから、あくはでない。

さあ、ひと仕事終えた。鍋のそばを離れても構わないけれど、今夜は鍋のそばで本を開きながらくつくつ煮える音を聴いていたい。

台所で本を読むのは、ほんとうにたのしい。今夜の一冊は『駅前旅館』(井伏鱒二新潮文庫)。

読みながら、流れている香りに濃度がくわわった瞬間がわかる。本に栞をはさんで置き、立ち上がって鍋のふたを持ち上げる。

こっくりと深い色、つや、香り。

牛すじには一片ずつ、まろやかな輝きがまとわりつきはじめている。木じゃくしを底に差し入れ、おおきく混ぜる。あんなにぶりぶりに固かったのに、牛すじがとろとろの顔になって、温泉に浸かっているみたい。

ここで、山椒の佃煮を入れます。山椒の実の佃煮をおおさじ三杯。

これは繰り返しつくるうちに思いついたアイディアで、山椒の実を入れると、びりりとパンチのある風味になる。ただし、最初から入れてしまうと山椒の切れ味が損なわれるから、牛すじが半分ほど煮えたところで。

鍋のふたを閉め、ふたたび本を開くうち、小一時間がゆるゆると過ぎ、煮汁も残りすくなになったところで火を消す。

夜中の煮ものの欠点は、味見である。

（こんな夜中に食べちゃいけない。明日の朝のたのしみに取っておかなくては）

でも、ほんのすこし。目のまえの牛すじに誘惑され、箸を持つ衝動を抑えきれない。時計の針はとっくに午前零時を回っている。牛すじから溶け出たコラーゲンがまとわりつき、一片ずつ、きらきら光る。煮上がった鍋のなかに箸を差し入れ、つまみ上げて熱をすこしなだめ、口のなかに運ぶ。

目を閉じてじっくり噛む。ぷりっぷりの歯ごたえ。ねっとりからみつくうまみ。ぷちっと山椒が弾け、鋭い刺激が広がる。そこへとろとろの牛すじの風味がとろけ、複雑に混じり合う。

ひと切れだけ。

もうひと切れ。

つまみ食いに満ち足りて、やっと鍋のふたを閉じる気になる。このままひと晩をまたぐと、もっとすてきなことが起こる。ぶりっと固まって、煮こごり。熱いごはんにのせると、とろーっととろける。朝起きたら、ごはんを炊こう。
台所の電気をぱちんと消す。
いい夜中だった。おやすみなさい。

背中にねこ

電車のなかで「さあ読むぞ」とバッグから文庫本を取りだしたら下巻だった、という経験はないだろうか。わたしは何度もあります。

ふだんの電車なら乗る時間がみじかいから諦めもつくけれど、新幹線とか飛行機に乗った場合は呆然とする。それに、そもそも上下巻の大部な本を読みはじめようというときはコブシに力が入っているから、よけい身の置きどころがない。

おととい、寒空のなか駅前まで歩いて定食屋に出かけた。魚屋で生がきとたらの切り身を買う用があり、そのついでに定食屋でメンチカツ定食を食べるつもりだった。魚屋はあと回しにして、あのカリッときつね色に揚がったメンチカツにかぶりつくのだ、久しぶりだうれしいなと早足で向かうと、ドアに貼り紙がしてある。

「社員旅行のため本日臨時休業します」

がっくり。とつぜん取り上げられた熱々のメンチカツと折り合いがつかず、扉のすきまに差しこまれたままの朝刊をうらめしげに眺めながら、まあ家族だって社員になるわけだから、と納得を取りつけ魚屋へ回り、生がきとたらの切り身を買い、くやしさ半分で帰り道にコロッケサンドを買った。

「ただいま休憩に出ています」の貼り紙にも泣く。古本屋とか古道具屋に多いのはなぜかしら。「×時に戻ります」と書き添えてあるのだが、その時間は一時間後だったりするので、時間を潰しながら漂流する。定休日のおぼえ間違い、営業時間の勘違い、場所の記憶違い、地雷はあちこちに潜んでいる。

からだの動きの鈍くなる冬は学習能力も低下するのだろうか。手痛い失敗を、ひと冬に二度はしでかす。

風呂に入ろうとして、湯が入っていない。すっからかんの風呂を凝視しながら総毛立ち、真冬の納沙布《のさっぷ》岬に立つ。湯を入れるスイッチを押したつもりが入れ忘れていたり、その前に風呂を使った家族が湯を落としていたり、確かめなかった自分の手落ちを呪いながら、鳥肌が立ったまま服をもそもそと着直す。

不本意な風呂の出たり入ったりは、冬場は身にこたえる。風呂から上がってタオルでからだを拭きかけ、とつぜん気づく。さっき髪に塗りこんだ栄養クリームを流すのを忘れている。髪の水気を拭おうとして、いやにぺったりしているから気になって触ると、またやってしまった。そそくさと風呂場にもどり、ざぶんと湯に浸かって時間ののりしろをくっつけ、なかったことにする。

忘れられない冬のぬくぬくとした光景がある。それを目にしたのは長野県南木曽《なぎそ》の山あいの村だ。南木曽はかつて東と西をむすんだ中山道が縦断する木曽路の土地で、妻籠《つまご》宿《じゅく》をはじめ江戸のころをそのまま伝える宿が保存されている。ひのきやさわらなど木曽五木に守られながら暮らす南木曽のひとたちは、冬場にねこを背負って暮らしていた。

背中にぺたんと張りつくねこは、じつは猫ではない。ねこと呼ばれて昔から愛されているこの土地だけの半纏《はんてん》に似た綿入りの防寒具で、袖なし、前身頃なし、綿を入れた生地は背中だけ。日本中さがしても、似たものはどこにもない（清水崑の漫画、黄桜のかっぱを想像してください）。土地のひとは「ねこをしょう」と呼び、じわーっと真綿で包みこまれる温かさ。袖も前身頃もないから軽く、背中にぽっとぬくもりが灯る。そのうち背負っていることも忘れてしまう一体感で、まさに猫を背負っている心地なのだが、名前の由来は「ねんねこ半纏」らしい。また、かつて冬籠もりの仕事のひとつに囲炉裏端でつくるひのき笠があったが、そのとき手の動きのじゃまにならないように工夫してつくられたとも聞く。いずれにしても、ねこは土地の気候風土が生み出したものだ。

村を歩いていると、びっくりする。老若男女、だれの背中にもねこ。畑仕事に精出すおじいちゃんおばあちゃんの背中にねこ。役場では、コンピュータに向かう職員の背中にねこ。スーツの下に着こんでいるおじさんもいれば、妻籠宿をパトロールしている警察官の制服の下にもねこ。保育園を通りかかると、園児のほとんどがねこを背中にしょって遊んでいた。色とりどり、柄も素材も違う。それぞれ手づくりで、女性の手で縫われつづけてきた南木曽の伝統工芸品である。

江戸時代から伝えられてきたこの防寒着は、いったん廃れたのち、最近また人気が再燃して若い世代にも広がっているという。一度背負うと、そのぬくもりはなによりの説得力となったのだろう。村のあちこちでいろんなねこの背中を眺めながら、思った。これは雪深く寒さきびしい南木曽の冬の御守り。

腹におさめる御守りもある。あんかけうどん。この味は京都で知った。どんぶりいっぱい、なみなみと一杯を満たす飴いろのあん。おろししょうががたっぷり。箸を差し入れてうどんを静かに引き上げると、あんをまとったやわらかく白いうどんが黄金の輝きをまとって光る。あんが引きもどそうとする抵抗感を楽しみながらちゅるるっと啜りこむと、あんのとろみ、しょうがのさわやかな辛み。食べるにつれ、額に汗が滲み、背中にも熱が広がってゆく。京都に生まれ育った友だちは、こどものころから風邪をひきかけるとあんかけうどんをかならず食べさせられたと教えてくれた。

のっぺいうどんも忘れてはいけない。かまぼこ、しいたけ、ほうれんそう、しっぽくうどんとおなじ具なのだが、やっぱりおろししょうが入りのあんかけ。たぬきうどんも、京都では刻みねぎとお揚げの入ったあんかけに仕立てる。あんかけは蓄熱量がおおきく、どんぶりの底が見えはじめてもまだ熱く、寒さ除けの一杯だ。

寒さが募るまえに、ともかく先手をこころがける。それでも、ときどき湯の入っていない風呂場で立ち尽くしたり、臨時休業の店のまえで水っぱなを啜りあげたりするわけで、冬の日々は、薄氷を踏む注意深さで臨むくらいがちょうどいい。

今夜もずいぶん冷えこんでいる。こどものころのように朝起きると水道の蛇口に細いつららが下がっているのを見つけることはなくなったけれど、それでも霜柱が立つくらい冷えこむ朝はある。ほかほかと足先まであたためた風呂上がり、先回りしてヴァン・ショーでもつくろうと思う。台所に立ち、小鍋に赤ワインを注ぎ、クローブ、シナモン、レモンの輪切り、すこしの砂糖を入れてあたため、厚手のカップに注ぐ。両手でカップを包んでゆっくり啜っていると、ここにははずされるはしごも階段もないから無敵の気分になる。

都電一日乗車券

「一日乗車券一枚、ください」

「はい、四百円いただきます。日付のスタンプ押しましたからね、乗るとき、運転手に見せてください。じゃあいってらっしゃい！」

「いってきまあす」

早稲田駅近くの営業所で買う「都電一日乗車券」は手札より大判で、緑色のふたつ折り。制服のおじさんに渡してもらってポケットにしまったら、遠足の日みたいに浮かれた。

冬晴れの日都電に乗りたくなった。

都電荒川線は、東京に残るたったひとつの路面電車である。前乗り、後ろ降り、ロングシートのかわいい一両編成。早稲田から三ノ輪橋まで十二・二キロを約五十三分、三十の電停を数珠のようにつないで町なかをとことこ縫い進む。買いものかごぶら提げてちょっとそこまで、サンダル履きで乗るのがいちばん似合う。軌道のうえを進みながら民家の軒先を分け入ったり、大通りに出て車の渋滞を尻目に走ったり、踏切信号を渡ったり、おまけにときどき運転席から声がかかる。

「発車しまあす」

「つぎ、おおきくカーブします。おつかまりください」

停車を知らせるときは、なつかしい音にこころ揺さぶられる。

チンチン！

郷愁もいっしょに車内に響き渡る。もう東京にはそんな乗物は残っていない。

今日乗りこむのは始発の早稲田駅だ。新目白通りの横断歩道を半分渡ったところにある中洲のような電停で待っていると、ほどなくとことこやってきた。五、六人に連なって低いステップを上がりながら、買ったばかりの手形をかざす。

早稲田を出て、つぎは面影橋。

三つめの学習院下を通過すると、鬼子母神前。そろそろ降りてみようか。四つめの電停で腰を浮かす。せっかくだから知らない町がいい。かたわらのボタンを押して赤いランプを灯し、「降ります」。

電停のホームと歩道はゆるやかにつながっている。歩きはじめると、「雑司ヶ谷霊園」の表示が目に入った。

歩いたこともない道なのに、てきとうに曲がったり進んだりしていると、鬱蒼とした緑の気配が混じりはじめた。冬のからっ風のなかに、遥かな匂いがある。角を折れると、「雑司ヶ谷霊園」の入り口があった。

さざんかの白い花が咲いている。椿のつぼみはまだ硬い。長い生け垣にはいちょうの葉っぱが紙吹雪のように舞い降りている。欅《けやき》の古木に守られた平日の霊園は森閑としており、区画整理されて縦横に走る通路の両側には墓標が立ち並ぶ。泉鏡花も夏目漱石も永井荷風も小泉八雲も竹久夢二も、ここのどこかでひそやかな眠りについている。ちちちと鋭い鳴き声が空気を裂き、それを合図に楡《にれ》の木陰から鳥たちが飛んでいった。

今朝テレビで言っていた。「今日の予想最高気温は十七度、朝夕は冷えますが、昼間はぽかぽかとあたたかいでしょう」

このおだやかな日射しを連れて、そろそろ都電に戻ろう。霊園をあとにして歩きはじめると、あちこちの墓標に献ぜられた花の色彩がまぶたの裏に残っていた。

あてずっぽうで歩くと、雑司ヶ谷駅。鬼子母神前から雑司ヶ谷までひと駅ぶんを歩いたことになるのだな。

パンタグラフを従えて三ノ輪橋行きの都電がまもなく迎えにきた。

雑司ヶ谷。

東池袋四丁目。

向原。

大塚駅前。

巣鴨新田。

都電のリズムにだんだん馴じんでくる。

「いったん止まってから、また動きます」

「お降りの方、いらっしゃいませんか」

この運転士さんは若いのに声がやわらかい。一両に漂うのどかな空気の調子を崩さず、破らず、発した声をふわりと拡散させるすべを心得ているようだ。向原で乗ってきたふたり連れのおばさんは地元の買物の情報交換に忙しい。

「マカロニサラダはさ、ハムじゃなくてソーセージをちいさく細切れにしたのを入れると意外においしいのよね」

「へえ、どのくらいのおおきさ？　こんどつくってみるわ」

そこへ録音のアナウンスが割り込む。

「つぎは庚申塚。お降りの方はお手近のブザーボタンを押してお知らせ願います」

あわててボタンを押す。庚申塚で降りると、すぐ目のまえは巣鴨地蔵通り商店街。とげぬき地蔵尊でおまいりしてから、ここでお昼を食べようと決めていた。

地蔵通り商店街は、そぞろ歩くおじいちゃんおばあちゃんで今日もごったがえしている。やっぱり赤パンツは不動の人気で、衣料品店「マルジ」の店先は肌着からソックスまで赤一色。わいわいはしゃぎながら先を争って買っている。酵素風呂、健康食品、健康下着、仏壇仏具……「おじいちゃんおばあちゃんの原宿」のトレンドは不滅だ。

とげぬき地蔵尊でおまいりをすませてから向かったのは「ときわ食堂」だ。ぎっしり満員の店内にひとつだけ席を見つけて滑りこみ、品書きを読む。たら煮付、ほっけ開き、刺身、いかフライ、ミックスフライ。それとも、自家製野菜コロッケかメンチカツにごはん小百五十円ととん汁二百五十円をつけてもいいな。卵焼きやしらす、おひたし、紀州南高梅もべつに頼めるし、ブロッコリーマヨネーズだって揃っている。壁いちめんの品書きをにらんでさんざん迷ったすえ、決定。

肉豆腐鍋六百五十円、熱燗五百円。

熱燗一本、これはもう冬の元気のみなもとだからね。隣のおじさん四人組もちゃんと飲んでいる。

一本道の商店街をUターンして庚申塚駅まで戻り、三ノ輪橋行きを待つ。都電は五、六分間隔で運行しているから、どの駅にいてもほんの少しの待ち時間ですむ。それに、準急とか特急とか各停とか、しちめんどうくさくないのもいい。

ちんちん電車好きで知られた作家、獅子文六は書いている。

「私は、東京の乗物の中で、都電が一番好きである」

愛惜のかぎりを綴った『ちんちん電車』(河出文庫)にはこうある。

「都電ぐらい、乗り心地のいいものはない。大人物でなくても、いい気持に居眠りができる。乗り心地のよさは、いろいろの点からくるが、まず軌道の上を走ることが、魅力である。電車が軌道の外を走らないということは、今の東京の交通混乱の中にあって、まったく見上げた態度である。（中略）都電がいかに行儀のいい車であるかは、絶対に〝割り込み〟をしないということでもわかる」

東京にちんちん電車が登場したのは明治三十六年。そして大正から昭和にかけて下町と山手を結び、坂を登り下り、掘割や川を渡りながら着々と路線を延ばして東京一帯の動脈となり、懸命に働きつづけた。ところが昭和四十年ごろをさかいに自動車が普及していき、ちんちん電車はしだいに邪魔にされ、あげく役目を失ってゆく。長い専用軌道を持つ都電の二十七系統（三ノ輪橋〜王子駅前）と三十二系統（荒川車庫前〜王子駅前〜早稲田）を一本化し、荒川線としたのは、昭和四十九年のこと。東京の都電は、こうしてたった一線だけ存続を許されたのだった。

ビルが建ち、高層団地が並んでまちが様変わりしても、いったん乗りこめば気分はほぐれ、乗り合わせたひとがご近所さんに見えてくる。そののどかさは、戦前の昭和の匂いや空気につながっている。

「都電に乗る客に、金や権力をカサにきた、不愉快な人物はいない。また、ヨタモンのような者も不思議と、都電に乗らない」（『ちんちん電車』）

明治二十六年生まれ、学生時代から日々親しく乗りつけ、フランスに遊学して帰国しながらふたりの妻をつづけて亡くした老文士にとって、ちんちん電車は古き佳き過去を辿る旅の友だったのだろう。

西ヶ原四丁目。滝野川一丁目。急に視界が広がったと思ったら、あっというまに飛鳥山。「飛鳥山三つの博物館へお越しの方はこちらです」

ひとりここで降ります、降りまあす。

飛鳥山駅に降り立つと、東の方角に小高い丘が連なっている。ずっとこの飛鳥山公園が気になっていた。江戸時代、暴れん坊将軍徳川吉宗がこのあたりに江戸城から桜の木千二百七十本を移植して以来、上野をしのぐ桜の一大名所になった。上野では酒やだんごも御法度なのに、ここでは土地がひろいからどんちゃん騒げる。将軍みずから宴席を張って喧伝につとめた甲斐あって、飛鳥山発の花見文化はいっきに江戸中に広まっていったという話をどこかで聞きかじっていたから、いつか飛鳥山で降りてみたかった。

小高い飛鳥山公園を歩くと、ソメイヨシノの大木が連なっている。目を閉じると霞がかかって春爛漫、満開の桜の下のさんざめきが聞こえてくるようだ。園内の「北区飛鳥山博物館」をのぞくと、荒川の河川敷のジオラマや弥生時代の住居の復元から戦前の志茂にあった母屋や物置の復元まで、一帯の暮らしぶりがリアルに迫ってきた。

そろそろ都電に戻ろう。とっておきのメインイベントが待っている。

王子駅前。

「このさき、おおきく曲がります」

栄町。

「はい、まもなく信号変わります」

梶原。

「都電もなかの明美へはこちらが便利です」

荒川車庫前。

「デジタル放送受信機器の協和エクシオ前です」

「発車します。おつかまりください」

いよいよ荒川遊園地前。

「つぎは荒川遊園地前。お降りの方は手もとのブザーボタンを……」

急いでボタンを押した。

入場券大人二百円。胸をそらせて券を渡して入り口を通過すると、植木はすっかり冬枯れている。木枯らしが吹きすさぶ園内はこどもの声のひとつも聞こえず、からっぽのおもちゃ箱みたい。かんがえてみれば真冬の平日の昼下がり、隅田川沿いのちっちゃな遊園地にいるなんていったいどういう事情なのかと思うのだが、私の手のなかには「都電一日乗車券」がある。

観覧車が好きだ。すこんと抜けるような青空を背景にからから回る観覧車を見上げると、幸福感でいっぱいになる。こどもの時分から思っていた。遊園地の観覧車は、ににこ笑いながら手をいっぱい広げているお日さまみたい。

「おいで。高いところまで連れていってあげるから」

手招きして呼びよせてくれるから、がまんできず早足になって観覧車の下へ駆け寄る。遊園地にいくたび、最初に観覧車に乗らなくては気がすまなかった。

「ハイ気をつけてお入りくださいねー」

観覧車の切符代の乗物チケット二枚ぶん。係のおにいさんに手渡して乗りこむ。

「では扉閉まります。いってらっしゃーい」

気のいいおにいさんだ。誰も乗っていない観覧車にぽつねんと女ひとり、ぴかぴかの笑顔で見送ってくれる。

地上三十二メートルの遊覧旅行のはじまりだ。ふわり上がると、ついさっき通り過ぎたメリーゴーラウンドの屋根が眼下でくるくる回転している。観覧車はゆっくり、ゆっくり空に向かってせり上がってゆく。しばらくすると、遥かむこうに地平線。西の空には金色の光を放つ太陽。ぎっしりと並ぶ家々がモザイク模様の絵画のようだ。白。グレイ。黒。青。三角屋根に四角屋根。甍《いらか》が連綿とつづく。団地のあちこちのベランダにたくさんの布団が干してある風景はモダンアートだ。

てっぺんまで登り詰めると、西日を受けてきらきら輝く川が見えた。いちめん鈍いろに染まった冬の隅田川。午後三時過ぎ。照り光る金色の背後から赤みが滲みはじめている。気づくと、観覧車はてっぺんを過ぎ、すこしずつ下降しはじめていた。

「めえー」

「もー」

どうぶつ広場の羊と牛が呼び合う声。もうじき遊覧旅行はおしまい。

「ハイおかえりなさーい」

扉を開けて、おにいさんがにこにこ出迎えてくれた。

名残り惜しいけれど、今日の日はさようなら。遊園沿いに回りこんで隅田川の遊歩道に出ると、西日はさっきより濃度を増して空を照らしている。そのまま遊歩道づたいに小一時間も歩いた。

ひとの気配の濃いほうへ、濃いほうへ進むと、細長い商店街のいりぐちがあらわれた。「梶原仲銀座」。そうか、荒川遊園地前から逆戻りに歩いていたのだ。荒川車庫前を通り過ぎてふた駅ぶんを歩いて戻ってきたのである。ガラス屋、理髪店、煎餅屋、鶏肉屋、おもちゃ屋、食料品店、八百屋、接骨院、パン屋、米屋……昭和の匂いを嗅ぎ取りながら商店街を梶原駅までてくてく。梶原駅の手前、通りすがりの御菓子司「明美」のショーケースで都電随一の銘菓、ミニチュアのパッケージがかわいい都電もなかを買うと、満ち足りた気持ちがふつふつと湧いてきた。

終点の三ノ輪橋まで行き着いてから早稲田まで往復するつもりだったけれど、今日はここまで。

早稲田駅から「一日乗車券」を手にして勝手気ままに乗り降りしていたら、あっというまに半日が過ぎていた。車窓はとっぷりと夕闇におおわれ、乗り合わせたひとはみなすっかり家路につくひとの顔をしている。

「では発車します」

この運転士さんの声も、よく通るけれど耳にやさしい。

「このさき左にすこしカーブします。吊革におつかまりください」

チンチン！

いつかまた乗りにこよう。どこで乗っても降りても、「どうぞどうぞお乗りください」。うれしくて、ほんのすこし泣きたくなった。

III 下着の捨てどき

女の眉について

眉は女の味方でもあり、敵でもある。れっきとした顔の一部なのに味方も敵もないのだが、ときに女を三割増し、ときに足をすくうので侮れない。

ときどき寄る居酒屋に、フミちゃんという名前のお姐さんがいる。ほかの従業員のお姐さんたちと揃いの白いキャラコ地の割烹着を着て、ポケットにボールペンを一本。お客に呼ばれるたび、「はーい」と元気のいい返事とともに席に駆け寄り、ボールペンを取り出して伝票に書きつけながら注文を厨房に通す様子がきびきびとして気持ちいい。常連のおじさんたちは、「おーいフミちゃん、お銚子もう一本」「フミちゃん、ほたるいかはまだあるかい」。いちいち名前を呼ばなくてもすむのに、かならず「フミちゃん」と冒頭につけたがる。ほかのお姐さんたちは「ちょっと」とか「おーい」としか呼ばれない。でも、当の本人は気負うでもなく、どのお客にも公平な応対ぶり。

さて、そのフミちゃんは、年の頃四十半ば、うりざね顔の古典的日本美人である。ただし、眉に特徴がある。自前の眉の上に剛毅な一直線が勢いよく重ねてあり、切り貼りした海苔を連想してしまう。

（もしも、フミちゃんの眉が違っていたら）

わたしはこっそり想像してみる。柔らかくて細いカーブを描いていたら、女っぷりは格段に上がること請け合いだ。ようするに、かなりもったいないことになっている。

しかし、である。もしもフミちゃんの眉が柳のように女っぽく枝垂れていたら、あれほどお客の支持を得るだろうか。化粧の流行などとは縁遠い眉が醸し出しているのは、そこはかとない安心感ではなかろうか。ここはのんびりくつろぎに寄る居酒屋なのだ。柳眉の色っぽいお姐さんはお客の気を散らすだけだろう。

たいした面積も長さもあるわけではないのに、眉というものはけっこうな支配力がある。そもそも眉のあるなしで人格はころっと変わるし（こわいオニイサンは眉を剃る）、長さや太さ、かたちひとつで顔つきは微妙に違ってくる。マレーネ・ディートリッヒにしたって、あの細い月のような技巧的な眉があってこそディートリッヒ。ある高名な日本画家が、「美人画を描くときもっとも困難なのは眉の描きかた」と明かすのを読んだことがある。わずか筆の毛一本の多い少ないで顔ぜんたいが変わってしまうので気が抜けないというのだから、絵画にとっても眉は絶大な影響力をおよぼしているのだった。

思いもかけない場所で追い詰められたことがある。モンゴルを旅したとき、草原で移動式テント「ゲル」に泊まって過ごし、しばらくぶりに東京に帰ってきた。草原なのだから、とうぜん電気もガスも水道もない。水は毎朝バケツを提げて小川に汲みにゆき、夜は月明かりとランプの光。日中は馬に乗って遊牧民たちと暮らしをともにしていた……という話を年下の友だちに披露していると、彼女が話をさえぎり、こう訊いてきた。

「あのう質問があります。眉はアリでしたか、ナシでしたか」

ずばりと突かれ、たじたじとなった。じっさいのところ、わたしはあのとき「眉モンダイ」に直面させられたのである。

顔を洗う水にもこと欠く場所にあって、化粧ほど場違いなものはない。しかし、そのとき、わたしを縛ったのが眉だった。化粧はしないが、眉だけはごく薄く引こう。眉だけでも整えておくと、自分の顔がしゃんとする気がしたのだ。いや、身だしなみというより、わずかでも自分の顔に下駄をはかせたかったという気がしないでもない。いずれにせよ、想像もしなかった局面で自分の眉に選択を迫られ、おまけに微妙な敗北感を味わったのだった。

わたしは事実を伝えた。

「眉アリのほう」

にやりと笑って彼女が言った。

「女の大モンダイですよね、眉はね」

だから、若い男性が眉を抜いたり剃ったり、さかんに手入れをして整えているのを目の当たりにするたび、あーあ、よしておけばいいのにと思ってしまう。いったん眉に手を出してしまったら、底なし沼が待っているのに。

毎朝鏡に向かい、アイブロウなるペンシル状の化粧道具で眉のかたちを整えるとき、わたしはいつも緊張する。まさに「筆の毛一本」の塩梅をきびしく求められている気がして、たいした化粧の技術を持たない者は壁ぎわに追いこまれるのだ。その根底にあるのは、自前の眉がナニカに支配されているという理不尽な気分である。

無駄の効用

また買ってしまった。

はっきりいって、とくに買わなくてもいいポロシャツ。時間潰しにぷらりと入った店で手に取ってしまい、時間があるものだからうっかり試着をしてしまい、値札を見ると「SALE」の文字を発見してしまい「買っておかないと」と前のめりになる自分が哀しいというか、甘いというか、浅ましいというか。しかし、ま、いっかと流されてレジへ向かう。

おなじ事態をこれまで数限りなく繰り返してきた。学習がないといえばそれまでなのだが――。

こんな記事を読んだことがある。筆者はダンディで鳴らす著名なファッション評論家で、いわく、男も女も、Tシャツのお洒落は新品に限る。いったん洗ったら、それ以降は格落ちさせよ。Tシャツは浴衣とおなじ。ぱりっと糊のきいた浴衣は傍目にも爽快だが、洗濯を繰り返して生地がよれてきたら寝間着におろすべし。Tシャツも、新品でないなら寝間着同然……こんな趣旨だった。

わたしにも似た経験がある。気に入って買ったTシャツなのに、何度か洗濯したら生地がへたってしまい、呆然。若いときならともかく、トシを重ねた女が外に着て出るにはどう見てもぱっとしない。泣く泣く格落ち、家で着る。こういう激しい落差があるからこそ、新品のTシャツには価値があるというわけだ。

使おうと思えば使えるのに、無駄を承知で引導を渡すときは、それなりの判断と勇気がいる。

たとえばタオル、靴下、歯ブラシ。どんなに質のいいタオルでもまっ白は薄れるし、だんだんごわつく。または、靴下。ふと気づくと、かかとの部分だけ雲行きが怪しい。どんなに大事に履いても、靴の内側と擦れてかかとが摩耗するのは、靴下の運命だ。気に入りであればあるほど哀しく、とてもくやしい。ただし、タオルや靴下は雑巾に仕立てて二次利用する手を使えば、格落ちさせる気分はずいぶん楽になる。歯ブラシはいったん洗面台やサッシの溝の掃除ブラシに使ってから捨てている。涙ぐましい。

わたしの友人に、好きなシャツばかり着ていたら袖の部分がすり切れてしまい、諦めきれずに袖口にぐるりと別布をパイピングして愛用しているひとがいる。すごいなあと見せてもらうと、太いボーダー柄の袖口に細いストライプ生地のパイピング。さりげないアクセントになっていて、世界でたった一枚のシャツの魅力にため息がでた。

「捨てたくなかっただけ。なけなしの工夫の結果よ」

照れ笑いをしていたが、彼女なら、くたくたのTシャツにも魔法をかけるのではないか。何気なく訊くと、やっぱり！

「二、三シーズンめのTシャツは、襟ぐりのところに色違いのちっちゃいボタンを並べてつけると、ポップなネックレス飾りに見えて、まるで別物に再生するの。ちょっと手を加えるだけで見違える」

格落ちどころの話ではない。白いTシャツの袖に赤い糸でステッチをほどこしたりもするという。そんな細かい芸当を持ち合わせていないわたしは、感じ入るばかりだ。たいした知恵と技がないから、捨てたい気持ちがうまく回収できず、途方に暮れてしまうのだ。

いっぽう、無駄の効用というものだって、ある。このモンダイをかんがえるとき、わたしはいつも温泉宿を思い浮かべる。

温泉宿は、そもそもエコとは逆方向である。一日中、広い湯船になみなみと充たされた清潔な湯。そろりと浸かると、惜しげもなく湯船からざざーっと溢れる。シャワーからも水道の蛇口からも、栓をひねれば無尽蔵に迸る熱い湯。更衣室の棚にはまっ白なバスタオル、フェイスタオル、ハンドタオル。ふんだんに用意され、ふかふかの手触り、しかも使い放題。これらを無駄の集積と考えれば、とことん無駄。しかし、限られたほんのいっとき、贅沢という名前の無駄にどっぷりと身を浸せば、凝り固まった身体の芯がゆるりとほどける——。

ときおりの無駄は、人生の処方箋である。あからさまな無駄、こっそりとした無駄、積極的な無駄。それらを甘いあめ玉として自分に与えることで、ユルむ。思い切って格落ちさせるTシャツ、ハサミで切って雑巾にするバスタオル、毛先がハネ気味の歯ブラシ。捨ててみると、いやがおうでも新風が入ってくる。ざざーっと湯船から無駄にこぼれ落ちる湯の音ほど耳に心地いいものはない、あれと同じである。

五秒ルール

うぐいすは、鳴いているうちにだんだん上手になってくる。

さきおととい、ちいさな庭にうぐいすが紛れこんできた。そうっと部屋のなかから見ていると、伊予柑の枝でくりくりと首を動かしながら遊んでいる。しばらくあたりを見回していたと思ったら、いきなり鳴いた。

「ほけ、ほけ、ほけけ」

もうしわけないとは思ったが、たまらずぷっと吹きだした。優雅に「ほーほけきょ」と鳴いてみたいのに、その方法がいまひとつわからない。でもとりあえず気持ちが募ったので、勇気をふるって鳴いてみました。そんな不器用な鳴き声。うぐいすは、自分の鳴き声にがっかりしたのか、続けて鳴かなかった。

もうすこしで春になるからね。陽気に誘われて何度も鳴いているうち、だんだん上手に鳴けるようになるよ。枝を離れて飛びたってゆくすがたを見送りながら、励ましたい。それが、今年いちばん最初に聞いたうぐいすの声だった。

梅も椿も、白木蓮も咲ききった。桜も咲いた。近所の桜は開花予想より一日早くほころんで、そのぶん春も急ぎ足でやってきた。もうじき小学校の校門をぴかぴかのランドセルをしょった一年坊主がくぐっていく。

この時期になると、からだがうずうず動き出す。厚いコートとはさよならしたい。タートルネックのセーターは、首のあたりが厚ぼったい。ひと冬ずっと頼ってきたのに、黒いタイツをはくと下半身がもっさり重い。

すっきり身軽になりたくて気が急く。

「春だからね」

春の竜巻に巻きこまれて浮かれたくなり、溜めこんでいたものを捨てたい。片づけたい。すっきりしたい。

春は捨てどき。なかでも、この際さよならしたいものがある。

「なんとなくいらないと思うけれど、じつはほんとうにいらないもの」

いちばんの難題である。

けれども、解決策はひとつしかない。

「なんとなくいらない」のではなく、「ほんとうにいらない」と思い切る。ここを乗り越えないかぎり、事態の進展はのぞめない。

「決め手があるのよ」

友だちが耳打ちして教えてくれた。彼女は半年にいちど、ものを捨てるのを恒例行事にしている。それも四十五リットルのごみ袋が三つから五つだというからはんぱな量ではない。垢を落とすような爽快感がやみつきになって、季節の変わり目に思い切って捨てずにいられないと言う。

自慢のクローゼットのなかを見せてもらいに行ったことがある。ほら、見てみてよ。目の前の光景に圧倒され、あとずさりした。

すかすか。

夫に日曜大工であつらえてもらったというクローゼットの棚に、夫婦二人ぶんのTシャツやブラウス、セーターがたたまれ、整然と並べられている。せいぜい五枚か六枚、棚は半分以上の空間が空いている。シャツもセーターもワンシーズンに着るのは五、六枚でじゅうぶんで、いよいよ古びたら惜しげなく処分する。一年着ないものは、かくじつにもう着ないとわかったから、これでじゅうぶん。もう十年近くつづけている習慣だから実証済みよと言う。筋金入りなのだ。

「捨てるおんな」が伝授してくれた秘策とはこうである。

「いるか、いらないか、五秒以内に判断するのよ」

たった五秒！　乱暴すぎやしないか。

「いいや、ぜったい五秒。十秒かんがえたらもう捨てられない」

彼女が身を乗り出す。あのねえ、ようするにこういうことなのよ。

「自分にかんがえる余裕を与えてはいけない」

つまり、迷うすきを自分に与えない。思案すれば、かならず捨てられないほうにやじろべえは傾く。たった五秒、そのあいだに「いる」「いらない」、瞬時に判断するための崖っぷちに自分を追いこむ。すると、真実が残る。

下着の捨てどき

下着は——女性の下着はたぶんに嗜好をふくむと承知したうえでいうのだが——基本的に消耗品である。繰り返しお務めを果たすうち、どうしたって劣化は進む。清水の舞台から飛び降りるつもりで買った舶来モノでも、ゴムはユルむし、生地は微妙にヨレる。洋服は「着こむ」というあらたな愉しみがあるけれど、下着となるとそうはいかない。つきあいが長くなればなるほど、哀しいかな、行く手に待ち受けているのは劣化という経年変化である。たとえばパリのサンジェルマン広場のすぐ近く「エレス」で買ったショーツ。きれいな濃紺のラインにエレガントかつシンプルな黒い玉ぶちのレースがあしらってある。

この二年だいじに身につけてきたけれど、一ヶ月ほどまえからなんとなく気になっていた。ぴたっと肌に添う感触があんなに心地よかったのに、微妙にゆるい。もしかしたら……。予感は的中した。伸びちゃったのである。下着のゆるみは、ある日とつぜんやってくる。はっと気がついたときはすでに遅い。

あんなに快適で、あんなにうつくしかったのに。わたしにとっては理想の一枚で、値段だって安くはなかった。いや、はっきり申せば高かった。それよりなにより、ここ数年買った下着のなかでいちばん好きだった。なのに、ゆるい……。

潮どきはやってきた。捨てようか、いや取っておこうか、千々に乱れるたび、自分が試されている境地に追いこまれるところがくやしい。

タオルやシーツも消耗品だが、こっちの場合は気がらく。いよいよへたってくると、鋏でちいさく切って溜めておき、掃除のとき惜しげなく使い捨てる。針でざっくり縫って、雑巾に仕立てることもある。つまり、二次利用という新たな展開にのぞむ余地がある。まさに消耗品以外のなにものでもない靴下にしても、かかとの部分が擦れて薄くなれば、すっぱりと引導を渡すほかない。とはいえ、ただ捨てるのはやっぱりくやしく、電球とか額縁とかつるりと拭き、雑巾代わりに使った満足感を満喫したのちバイバイすることにしている。

ここで思い出すのが、江戸のエコな暮らしである。浴衣はその最たるもので、着古してへたってくると手拭いや巾着袋、おむつに仕立てられた。おむつは「襁褓《むつき》」の丁寧語だが、浴衣を六つに分けてつくったから、といわれたりもするくらいだからヨレてしんなりとした浴衣の生地は、赤子のやわらかな肌には最適の素材だし、古くなった手拭いは、極細に裂いて紐に編んだり、はたきに仕立てたりした。たった一枚の浴衣をとこととん使い切る江戸のひとの知恵に感服する。

そんなわけだから、タオル、枕カバー、シーツ、靴下、キッチンタオル、なんとか二次利用、三次利用の知恵を働かせてみたい。しかし、裁縫の苦手なわたしはせいぜいが雑巾止まり、そのへんで納得することにしている。しかし、下着となると話はべつで、然るべきときが来たら潔く別れるのが正解だ。

えいや！と下着を捨てるとき、無上の爽快感を味わう。もっとも身体に近いところにあった存在だからかしら、自分のかさぶたを、垢を、きれいさっぱり剝がすような爽快感がある。だからこそ、気がつかないうちに自分のありようにも微妙な影響があるのだろう。ほんとうをいえば、いちばんこわいのはそこではないか。捨てるという行為は、捨てる相手が自分に近ければ近いほど快感の度合いがおおきい。

中崎タツヤ著『もたない男』（飛鳥新社）を読んでいると、捨てるという行為の深遠にしびれる。『じみへん』などでおなじみの漫画家の仕事場は、すさまじい。朝九時から夕方五時まで過ごす部屋の写真を見ると、不動産の内見状態そのまま、究極のがらんどう。家具はいっさい排除、仕事机と丸椅子だけ。すっからかんの押し入れに入っているのは、入居時にキッチンに据えられていた、捨てるわけにいかないむきだしのガスコンロ一台きり。「なにもない状態」に取り憑かれた男は、「なんか捨てるものないかなあ」と始終つぶやきながら、つねに「捨て欲」全開中だ。インクの減ったボールペンが長いままなのが許せず、本体をカッターで切って短縮化。買った本のカバーも帯も即刻捨て、栞ひももちょん切る。読んだそばからページをちぎり捨ててゆく猛者である。

ところが、じつに興味ぶかいのは、「むしろものをほしいという気持ちは、人一倍強い」、つまり物欲がつよいという告白だ。ようするに「物欲」は所有欲にはつながらず、「捨て欲」に直結している。母親から来た手紙を思い切ってごっそり捨てた二十四歳のときに過去から自由になったという。五十代になったいま、「写真や記録、日記などと自分の過去自体は関係ない」。今日も「もたない男」は、捨てて、捨てて、自由との追いかけっこ。

読みながら、つくづく思った。捨てどきがむずかしいのは、自分を問われているからである。なにが必要で、なにが必要ではないのか。いちいち進退を突きつけられることに怖じ気づく。だから、できるだけ捨てどきを先延ばしにしたくなる。わたしは、許容量を超えた蔵書に押し潰されそうだが、半年に一度取捨選択して古本屋に引き取ってもらうまで、すべてに目をつぶると決めることで鬱陶しさから避難している。

いっぽう、アレは消耗品だから、と決意を固めて下着を捨てるときの、なんと晴れ晴れとすることとか。『もたない男』的にいえば、この爽快感のためにあたらしい下着を買うような気さえしてくる。

では、下着の捨てどきはいつか。わたしは、「捨てどきかな?と頭を掠めたとき」と思いさだめている。洗濯物を干したり畳んだりするとき、（潮どきだろう）（いや、もったいない）とぐずぐず思いはじめたとき、勇気をふりしぼる。

十代のころ、小耳にはさんだ言葉の呪いも未だにかかっている。

「下着だけは、いつ交通事故にあっても恥ずかしくないようにしておきなさい」

下着の捨てどきは、女の試金石である。

似合うってこと

ふらりと「マリメッコ」のブティックに入ると、新しいワンピースが出揃っている。テキスタイルがメイン商品のブランドはさすがに生地使いが楽しいなあ、カラフルな色合いはほかにない。うれしくなって二着選んで試着室に入る。

七〇年代調のおおきな花柄。ピンクと黒のめりはりの効いた色彩に、気分がぱっと明るくなる。お、こんなのも着られるのか自分。やたら気分が華やぎ、いそいそ試着室の外に出て鏡のまえに立ってみる。あれ？　全身を見てみると、顔と合っていない。いかにもとってつけた感じが残念だ。すごく着たいのに。

こんどは斜めストライプの大柄。挽回するつもりで、つんのめった気分になって着替える。細身のストレートなライン、はっきりしたストライプ、新鮮だなあ。軽い興奮に背中を押され、ふたたび鏡のまえに立つ。あれ？　でも、見慣れれば馴染むんじゃないのと思い直して自分を眺めるのだが、いぜん違和感は消えない。服に迫力負けしている気もする。

ふくらんだ風船が音を立ててしゅーっと萎んだ。もとの位置にワンピースをもどしながら、「マリメッコ」に「キミはお呼びじゃありません」と言われた気になって、しょげる。

着たいのに、似合わない服が増えた。以前は「えいや！」と着ていたのに、「えいや！」の声が出せる幅がとても狭くなった。冒険をしなくなったのではない。むしろ、冒険したいし挑戦もしたい。「自分のイメージ」などという言葉があるけれど、その実体が自分ではよくわからないし、仮にあったとしても、それでいいのかどうなのかも。「おとなのおしゃれ」という言葉にしても、その実体があるわけではない。素材の質がよければ「おとな」なのか、じゃあチープなものは「おとな」にとってまずい選択なのか。ここで思いだすのがジェーン・バーキンだ。それこそチープなシールをぺったり貼っ付けたエルメスのバッグを持つ姿は、惚れ惚れするほどかっこいい。こどもには決してまねはできない。お手本にしたい度胸のよさ、思いきりのよさである。

すきならなんでも着てみたい。果敢な気分のいっぽうで、二の足を踏みがち。そこでまず、かねがね気になっている案件を「だいじょうぶなのか？」と自問自答してみることにした。

■黒いレギンスはだいじょうぶなのか

レギンスはファッションを改革した。丈がどんなにみじかくても、それだけでは着る勇気のでなかったスカート、ワンピース、ショートパンツ、ぜんぶレギンスひとつで可能にしてしまったのだから。脚のナマっぽさをたちどころに消してくれるレギンスは女性性の中和剤だ。しかし、そこには微妙に「逃げ」の気配もありはしないか。

おととい書店で新刊本を眺めていたら、となりにコットンのハーフパンツの下に黒いレギンスを重ねている女の子がいた。とっさにレギンスなしのほうがすてきだな、と思った。ハーフパンツからすらりと伸びている脚には健康的な魅力がある。でも、レギンスがそこにあることで、安全地帯にいる安心感が漂っている。小学生の女の子がときどきスカートの下に黒いブルマーをはいているのを思いだした。

■ブラのひもはだいじょうぶなのか

タンクトップの肩から堂々とブラのストラップが出ているのを見かけると、複雑な感情を抱く。「下着の一部がおおっぴらになっている」という羞恥。「とくに見たくはないものを、むりやり見せられている」理不尽。「ちっちゃいことを気にしてなくて楽そうだな」という憧憬。べつの見解も顔をのぞかせる。「きっとこれは下着じゃない。洋服の一部、ファッションの一部なのだ」……いろんな感情がうずまいて面倒くさい。いちいちブラのひもに反応する自分の小心ぶりにも、苦笑する。知らないうちにはみ出そうなひもを内側にしまってしまう。刷り込み反応がうらめしい。

■ジャージー素材はだいじょうぶなのか

若いときは身体のラインがぱっきりしているけれど、年齢を重ねるにしたがって境界線がにじんでくる。ナマっぽさが消えてゆくのは歓迎なのだが、ファッションとの関係においては気になることがいくつかある。わたしの場合は、ジャージー素材や柔らかすぎるニットがむずかしい。ふわっと着たつもりでも、かえって身体のラインが露わになってしまうので要注意アイテムだ。避けたいのは、ジャージー素材のすとんと長いチュニックドレス。体型を隠してくれるように見えて、じつは微妙なでこぼこが浮き彫りになる。やわらかな素材は、ときどきこわい。

■チュニックはだいじょうぶなのか

ヒップとふとももあたりを上手にカバーしてくれる安心感といったらないわけだが、そこに甘えた気分がうっかりでてしまうのもチュニックのこわいところ。ふわっと着さえすればナニカが成立した気になれるところにも、地雷が隠れている。気弱に逃げて隠していると、身体も甘えて逃げに走ってしまう——自分に言い聞かせている。

むかしは黒い服をよく着ていた。八〇年代、あのころは服に叱咤激励され、ブランドやデザイナーに守ってもらっているように思っていた。あの時代があったからこそわかるのは、いまはそこから遠い場所にいるということ。洋服はヨロイやカブトではない。もちろん洋服は「生きもの」だから、微妙な呼吸の変化を敏感に感じ取りたいし、いつでも受け止めたり流したりできるようでありたい。とりも直さず、それが着ることの醍醐味なのだから。でも、背もたれや腰掛けはいらない。むしろ、これまでいろんな服を着てきた自分をそのまま包みこみ、受けとめてくれ、なおかつひとりですっくと立たせてくれるような服をだいじにしたい。

着るひとと服とのあいだに親しさが感じられ、つかず離れず、ふうわりとした空気感がある。その空気がひととなりをつくっている——それがたぶん「似合う」ということ、「そのひとらしい」ということなのだろう。

初めてのスポーツウエア

雨の日以外はたいてい毎朝歩く。家を出るのは早朝五時、まっさらの空気を全身で受けながら住宅街を抜け、自然公園の大池をぐるりと廻ってから復路につき、もと来た道へと歩きつないで帰宅すると六時半。シャワーを浴びてから朝食の用意にかかるまでの一連の時間の流れが、とても心地よい。

この習慣ができてから、いままでになかったあたらしいものと馴じみができた。スポーツウエアとジョギングシューズ。ジョギングシューズは散歩をするときのために数足持っていたけれど、スポーツウエアにはとくに縁がなかった。ヨガは手持ちのなかからやわらかな素材の上下を選べばよかったし、水泳は競泳用の水着があればいいから、必要に迫られることがなかった。しかし、スピードを上げて歩くと、手持ちのものでは間に合わないことがわかってきた。

いくら伸縮性があって歩きやすいと思った生地でも、汗をかきはじめると蒸れがべたつきに変わる。なるほどと納得したのは、コットンのTシャツを着て汗だくになったときだ。わざわざスポーツウエアを買わなくても、と思い、手持ちのTシャツを着て歩くと、汗を吸収するのはいいのだが、そのあとが問題だった。吸収した水分が発散されるまでに時間がかかるので、生地が濡れて重く、気化熱が体温を奪う。どうにかなるだろうとタカをくくっていると、てきめんに風邪をひく。これではまずいと気がついて、スポーツ用品店で買い求めたポリエステル合成繊維のスポーツ仕様のTシャツを着て歩くと、あっというまに湿気を逃すし、汗をかいてもさらさらしている。「着心地」という言葉の奥行きが、自分のなかでばん！と広がった。

ファッションとスポーツウエアの境界線をあいまいにした素材のひとつは、フリースだと思う。フリースはポリエステルの一種、ポリエチレンテレフタレートでつくられた起毛仕上げの繊維で、アメリカのモールデン・ミルズ社が一九七九年に開発した。かつてない軽さ、やわらかさ、保温性は高く、濡れてもすぐ乾く。それまで見たこともなかった機能が注目を浴び、ちょうどペットボトルの消費増加とエコロジー運動の高まりのタイミングとも合い、あっというまに世界中に広がっていった。当初わたしは、フリースといえば毛布やスポーツ用品の素材だと思いこんでいたが、八〇年代半ばにジャケットやコートに使われているのを見かけるようになって、またおどろいた。エンブレム付きのかっちりとした織り生地のブレザーが、ある日ふにゃふにゃのフリース版になって登場したのを見たとき、違和感をおぼえたものだ。軽いから肩が凝らないし楽ちんだけれど、でも、それをブレザーとは呼びたくない気持ちもあり、おさめどころがわからなくてフリースに馴じめなかった。毛布や登山にはぴったりでも、ファッションはそこまで手軽な素材に席を譲っていいのか？　あのころは、だんだん自分の身体に合わせてゆく手強さこそファッションの楽しみだと頑なに信じていた。

しかし、一度知ってしまった快適さはそう簡単には手放せない。いま後戻りのむずかしさを痛感するのが、たとえばストレッチ素材のパンツである。伸び縮みする生地が身体の動きに添う心地の気楽さ。デニムにさえストレッチ素材が使われるのが当たり前になって、もうびっくりだ。痛いくらいごわごわの段階からゆっくり慣らしてゆくのがデニムの味だという偏愛は、もはや絶滅危惧種である。十代のころは、買いたてのデニムをはくまでに、ばかばかしいほど段取りを踏んだ。最低三回は洗濯し、しかも踏みつけたりごしごしこすったりしながら新品感を崩した。さんざん着倒して裾やひざのあたりがくったりしてくると悦に入って眺め、友だちと自慢し合った。リーバイスのヴィンテージデニムを古着屋で探す楽しみを覚えたのも、やっぱりおなじころだ。

でも、いまそんな遠回りの楽しさは流行らないようだ。新品のデニムは、すでに三年も五年も着たあとのような顔をしているし、最初から穴が開いていたり破けていたり、「お洒落ポイント」の扱いだ。

ついこのあいだ南青山のセレクトショップでぐらりときた。

「お客さま、このデニム、すこしストレッチ素材になっているんです。ほら、こんなに軽いし薄いし、絶妙のフィット感があってすごく人気なんですよ」

わあ、ほんとだ。膝を曲げてもタイツみたいに楽ちん。なのに、デニムの風合いは失われていない。誘惑にあらがえず、ふらふらと買ってしまったのだが、きょうはなにを着ようというときなど、手のほうが先に伸びている。着心地のよさに簡単に手なずけられている。ついつい「機能性」に甘い蜜をもっと、もっと、と要求してしまう。ひょっとしたら、いまデザインより訴求力をもっているのは「機能性」ではないかと思うほどに。ファストファッションが素材の機能をしきりに謳うのも、そのためなのだろう。

さて、アウトドアファッションという分野がある。日常の洋服でもなく、スポーツウエアでもなく、価格の安さに特徴を掲げるファストファッションでもなく、屋外で着るウエアの分野。小雨なら傘をささずにパーカだけですませている友だちがいて、身軽な感じがちょっとうらやましい。それいいね、どこで買ったの、と聞いてみると、アウトドアファッションの専門店で見つけた防水加工のパーカで、いちいち傘をささずにすむから年中めっぽう便利なのだという。フードをかぶるだけで頭も濡れないし、雨が上がってフードをとればそのままラフなジャケットだ。たしかに、この手の機能性を備えたものはふつうの店ではなかなか見つけづらい。

恵比寿駅前の「モンベル」には、これまで何度か寄ったことがあった。モンゴルに旅をするとき野営用の帽子やナップザックを買いに行ったのもここだし、キャンプの炊事用品を探しに行ったのもここ。種類が多く揃っているのも便利だし、使う側に立ってデザインや機能性に気を配っているブランドだという印象がある。

開店十一時。オープンしたばかりなのに、店内には熱心に品定めをしている男性客が四、五人。広いフロアには、メンズとレディスに分かれて見やすく、ダウンジャケットからシャツやアンダーウエアまでたくさん揃っている。端から見てゆくと、見たことのないアイテムがいろいろあって、おどろく。触ってみるとフリースのジャケットは以前にも増してなめらかだし、ダウンウエアは手品かしらと思うほど薄い。店のひとに聞いてみると、繊維が極細のマイクロフリースはもはや当たり前で、ダウンは各社が軽量化競争のまっただなかだという。最近ヒットしているアイテムはダウンのマフラー、フリース素材のネックウォーマー、ラップスカート。パンツやレギンスの上にくるりと巻くスカートは、スナップを止めなければそのまま膝掛けになるからオフィスやホームウエアとしても売れているという。色もカラフルだし、キルティング素材もあればダウン素材もある。ぜんぜん知らなかったなあ。

「アウトドア用品は日常生活に役立つ知恵の宝庫ですよ」

広報部の半田久さん(当時)が言う。半田さんは「モンベル」が創業した一九七五年以来、つぶさに日本のアウトドアウエアの移り変わりを見てきたひとりである。

「ユニクロが火をつけた保温効果の高い素材は、じつはすでにスポーツウエア業界では広く使われているものでした。そこに目をつけて『ヒートテック』という名前をつけて売り出したところにユニクロの先見性があるわけですが」

もはや新素材は出尽くしたというのがあらかたの認識なのだという。繊維はますます細くなって軽量化され、すでに三十年前の三分の一に達したと聞いて、驚く。日進月歩の速さで開発されてゆく繊維は、アウトドアと日常のファッションの垣根を取り外し、色やデザインとおなじようにファッションの重要な要素にくわわるようになった。

ところで、つねづね思ってきたことがある。それは、アウトドアで過ごす経験を持っているひとは、「自分の身体を守る方法を知っている」ということ。山登り、釣り、トレッキング、自然に身をさらす機会が多ければ経験値は上がり、生きるための知恵をより多く持つことになる。半田さんは東日本大震災のときボランティアとして被災地に通ったが、そのとき痛感したのは、危機的な状況に置かれた人間は自分を守ることだけで精一杯になるという現実だ。

「災害に遭ったとき、過酷な状況のなかでまっさらの状態から立ち上がるのは厳しいということを実感しました。トイレットペーパーがないだけでおろおろしてしまうし、石油ストーブにマッチで火をつけるのも、こわくてできない。カセットコンロしか使ったことのない方も多かった。山小屋ではあたりまえの日常茶飯事でも、避難所生活のショックが大きすぎてふつうの精神状態を維持しづらくなっているのも災いします。一度でも二度でも寝袋で寝た経験を持っていれば、なにか起こったときの気構えはずいぶん違ってくるのではないでしょうか」

たとえば登山やトレッキングでは、自分のちからがまったく及ばない自然のなかで、必要な荷物は自分で背負わなくてはならない。つまりそれは、生き延びるための要素をまるごと身につけているということ。日頃からアウトドアでの経験を積み重ねてきた半田さんの言葉には、ふだんの生活にも役立つ知恵がたくさん含まれていた。

＊

「一般の洋服は外気温のコントロールがきく場所で着るわけですから、ある意味なんとでもなるのです。でも、自然環境のなかに一歩踏み出したら、そうはいきません。外気温も湿度も風も雨も、調整することが不可能なことばかりなのですから、着るものにたいして意識的にならざるを得ないのです」

「汗をかくところは上半身に集まっています。頭部、脇の下、股間。夏は着干ししながら、いかに早く乾かすかが重要です。そのためにポリエステルをはじめ合成繊維の生地が役立つ。冬は、水分を吸収すると一時的に発熱する天然繊維や天然素材が便利です。山での事故を招く原因のひとつに低体温症がありますが、ともかく体温を下げないこと。そのためには、ストレッチ性があってフィット感が高い生地、吸湿発散性のある合成繊維を組み合わせると効果があります。あたたかく、同時に乾いた空気をつねに保つことがたいせつなんです。そして、内臓も上半身に集まっている。心臓と肝臓を冷やしたらアウトです。下半身でいえば、寒い土地で気をつけることは、まず保温。熱を逃さないことです」

「身体で弱いところは、耳、手、足、指。末梢神経が通っている部分を保護することを考えなければならない。だから寒い場所でだいじなものは帽子、耳当て、靴下、手袋です」

「薄いものを何枚も重ねて着るほうが、調節しやすいのです。山登りの場合は、四重に分けて重ねるといい。アンダーシャツ。シャツ。ダウンのオーバーウエア。アウター。ひとつに頼らないことです。自然環境にはエアコンのスイッチはありません」

「アンダーウエアのウール素材は保温効果が高いので、おすすめです。むかしはウールといえば肌にちくちくして着心地がわるいというイメージが強かったのですが、いまはずいぶん品種改良されて、毛が細く、やわらかくなり、メリノウールが一般的になっています」

「ダウンジャケットの着心地は圧倒的によくなりました。それは外側の生地の加工技術の進歩のおかげです。糸の繊維を扁平にすることで、極薄の生地でも内側のダウンが外に出ないようになったのです。そもそもダウン製品に用いる原材料の輸出先は中国がメインなので、中国が追いつけない生地を開発する必要に迫られてきた。そのためダウン製品に関しては、特殊加工に活路を見出さなければならなかった。各社が数ミリグラムの単位で軽さを競い合ってきた結果、たとえば登山の場合、装備が軽くなることによって食糧や備品をより多く持っていくことができるようになりました。ウエアの開発は、たんに身を守るだけでなく、登山という行為そのものにも直接的に関わっています」

「ダウン製品は非常に優秀な防寒着ですが、用途の棲み分けがだいじです。日常的に防寒するとき、アウトドアで遊ぶとき、寒冷に耐えなければならないとき。それぞれにダウンの容量、厚さ、着る順番も違ってきます。基本的にダウンはあたたかな空気の層をつくるために優れている。街なかではただはおるだけで十分ですが、寒冷地では、重ね着の一部として使えばさらに効果的です」

＊

身につける素材やかたちが携える機能性は、着やすさ、着心地のよさだけのためにあるのではないと実感する。服にはさまざまな役割がある。着る楽しみやよろこびとしての役割、創造的な表現手段としての役割、ひとが社会生活を営むうえでの約束ごととしての役割、自分の身体を守り、生命を維持するための役割――そのときどき、いろんな役割が重なり合いながら無数の服が生まれ、そこにファッションが成立している。友だちがこんな言葉を教えてくれた。あるフランス人のスタイリストとおしゃべりをしていたら、ファッション誌を長年手がけるヴェテランの彼女がこう言ったという。

「ただ生きていくためなら、服は四枚か五枚あれば十分こと足りる。しかし、そこから先のところにファッションのよろこびはある」

去年買ったばかりのとても気に入っていたジャケットに、今年はなぜか手が伸びない。あんなにすきだったシャツがなんとなく古い気がして興醒めする……その繰り返しの余剰部分が「四枚か五枚」より先のところに属する、わくわくどきどきをもたらす愉楽なのだろう。必要の枠組みを超え、理屈や既成を壊すものだからこそ、ひとはファッションに興味をひかれ、着る楽しみを手放したくないと願うのだろう。

デザインにくわえて、素材の機能性をおもしろいと思うようになってから、服を選ぶ幅がぐんと広がった。吸湿発散性にすぐれたスポーツウエアを着る経験を新たに持って、ふだん着る服の機能性のよしあしも逆によくわかるようになったことも、思いがけない収穫だった。

つい先日、久しぶりに新しいシャツを買った。ブルーのこまかい格子柄のコットン生地なのだが、ぱりっと張りがあってぜんぜんしわにならない。手洗いして干したあともアイロン掛けがいらず、ほんとうに楽ちんでうれしい。きっと新しい素材なのだろう。とはいいながら、一回着たら洗濯して、アイロンを掛けてこざっぱりと着る麻のシャツも手放せない。手間がかかるのに、夏になるとやっぱり麻の素材を着たくなる。

ファッションというのは複雑なものだなと思いながら、いっぽう、そのいちいちをおもしろがりたいとも思う。

お湯のない風呂

一度読んだだけなのに、脳裏に残る文章がある。ふだんはなりを潜めているのだが、なにかの拍子にひょいと浮上する文章。そのひとつに岸恵子さんのエッセイの一部があり、確かもう二十年以上前に読んだのだが、いまも記憶にあざやかだ。それはこんなくだり。

水の貴重な国に旅をしたときのこと、何日かぶりに風呂のある宿に泊まるのだが、果たして湯がでない。それでも風呂にありつけたのがうれしくて、やっとの思いでごくわずかな湯を溜めた。身体の厚みの半分しかないほんのすこしの量だが、浴槽の底にぺたりと背中を張りつけて必死の思いで「風呂に浸かり」、本懐を遂げた。

いつも毅然としてうつくしい女優が浴槽のなかでわずかな湯と格闘するすがたに意表を突かれたが、それにも増して鮮烈だったのは、自分の滑稽な様子を臆することなく描写してみせる岸恵子というひとの魅力だった。勁《つよ》い、と思ったのである。ほかの本でも、台所に立ったまま鍋から料理を直接食べる場面を描いた一文に出合い、はっとさせられた。不作法で野蛮な行為であってもみすぼらしくならず、それ以上に毅然とした印象をあたえるのは、岸恵子という女性が一貫して独立独歩の人生を拓いてきたからなのだろう。よけいな意味づけや自己弁護のないところも潔く、一度読んだだけで忘れなかった。以来、思うようになった。風呂の湯がなければ、ないなりに。鍋から直接食べるなりゆきになれば、それなりに。もちろん風呂の湯も鍋も、ものの喩えである。

目前の状況を受け容れること、なりゆきに身を添わせることは、けっして弱気な態度ではない。いやがおうでも受け容れなければものごとが進んでいかないときは、自分の流儀を盾にして拒むより、むしろ状況に合わせるほうが手っ取り早いし、よけいな軋轢がすくない。ただし、かたくなに拒むより、あらたに受け容れるほうがじつはタフな精神を必要とするのだけれど。

東日本大震災の直後、いちはやく東北に駆けつけてボランティア活動をおこなった男性からこんな話を聞いた。大量の救援物資を積んだオートバイを何台も連ね、交通網が遮断された被災地をめざして避難先の体育館へ入ったときの実体験である。

「電気も水も限られていたときでしたから、すぐ煮炊きできる道具が必要だと思い、数台のガスコンロと携帯ガスボンベを持っていって配りました。ところが、マッチを擦ってガスに点火するのはこわい、危険だから断固使えないという主婦の方がいた。ではどうするのかと見ていると、火が必要になるたび、隣のひとをいちいち呼びに行っては点火してもらっているのです。これにはちょっとかんがえさせられました」

当人の立場になって想像すれば、被災したショックで動揺し、心身が硬直状態になって守りに入るのが精一杯だったのだろう。これ以上の緊張や恐怖など受け容れる容量はどこにもなかったに違いない。しかし、困ったときはおたがいさまとはいえ、頼まれごとを引き受ける側も等しく苦境に立つ者どうし。ガスの点火は平気であっても、べつの心労を抱えていることは想像に難くない。彼は、こんなふうに締めくくった。

「被災した方々に接して、なるほどなあと思ったことがあります。逆境につよいのは、自分の置かれた状況にむやみに抵抗しないひとなのですね。ただ嘆いていても仕方がない、さっさと諦めてつぎの手をかんがえようというふうに思考が向くひと。ところが、つらい、困った、いやだ、マイナスの感情で抗っていると、おのずと気持ちが閉じて、自分で自分に疲れていってしまう」

耳の痛い話である。つらいときは、自分で自分に疲れていることさえ気づかないことがある。じつは、耳を傾けながらわたしが思い浮かべたのが、冒頭の岸恵子さんのエッセイだった。身体の厚みの半分しかない湯を前にして嘆くか、それとも仕方がないと早々に受け容れて活用してみせるか、このへんが、生命力の強さ弱さの分水嶺なのだろう。自分で自分をどう扱うか、その手並みの話として久しぶりに思いだした。

やわらかなアイロン

初夏になると、「いよいよだ」と思う。一瞬ちょっと身構えるのだが、それを陵駕するのは、自分の手が覚えている喜びの感情だ。

アイロン掛けである。嫌いな家事ではないけれど、冬場は週に一度くらいですむ。でも、麻や木綿のシャツ一枚を着るころになると、そうはいかない。大事に着たいものは自分で手洗いしたい性分で、つぎに待っている作業がアイロン掛け。

そもそもアイロン掛けは、手間ひまを要求してくる家事だ。まず、アイロン台を出し、プラグをコンセントに入れ、ダイアルを調節し、温度を確認し、霧吹きも用意する。これらの手続きをやっかいだと思ってしまえば、アイロン掛けはひたすら面倒なものになる。そんな回路に入っていたころは、初夏に入るとまたぞろ始まるアイロン掛けが苦役にしか思えなくなっていた。あの言葉を聞くまでは。

夏の夕暮れどき、友だちの家のヴェランダでお喋りしながらくつろいでいるときだった。友だちの夫はいつもこざっぱりとしていて、つねに印象が清々しい。その日は白地にストライプ柄の木綿のシャツ、バミューダパンツ、サンダル。とりたてて目立つところはないけれど、清潔感という空気をまとっているから、彼がそこにいるだけで暑さもすうっと引いてゆく心地がする。どんな話の流れだったか、彼がこう言った。

「アイロンはふわっと掛けるのが好きなんだ」

アイロンを、ふわっと。その先を促すと、彼はアイロン哲学ともいうべき言葉を語りはじめた。

「ぴちっと糊の効いたシャツは息苦しい。乾きっぱなしのシャツはだらしがない。ちょうどその中間、ふわっとアイロンの掛かったシャツがいいよね」

わたしはすっかり感嘆し、でも恐る恐る訊いた。ねえ、そのアイロンはさ、誰が掛けるわけ？

「自分に決まってるでしょう」

ああよかった。内心どきどきしながら訊いたのだが、彼は一枚も二枚も上手だった。

「だって、自分の着るシャツだぜ」

わたしは自分を省み、猛省した。アイロン掛けを面倒くさい家事に貶めていたのは、わたし。それを契機にして、夏場のアイロン掛けを愉しみに置き換えるようになった。そうこうするうち、アイロンをふわっと掛ける妙味を覚えたのである。

彼のアイロン哲学に教えられた。ぴっちりアイロンが効いたシャツは、くつろぐときは他人行儀な着心地がうれしくない。でも、ただハンガーに吊して乾きっぱなしのままでは、気分が締まらない——長年ぴしっとスーツを着て会社勤めをしてきたひとだからこその切り替えなのだろう。

じっさいにやってみると、ふわりと仕上げる手つきに愉しさが見つかった。アイロンを動かすときは、湖面を滑って進むボートよろしく生地の上をすーっと滑るように、ふわっと。押したり引っ張ったり、生真面目なアイロン掛けから解放される。アイロン掛けに勝手な思いこみを抱いていたんだな。ぴっちりとした仕上がりを要求されていると思いこんで、アイロン掛けをおっくうな家事に追いやっていた。

わたしは、納得した。「だって、自分の着るシャツだぜ」は、むしろ、アイロン掛けのおもしろさを手放したくない「男の主張」でもあるのだった。

つい数日前、そんな話を仕事仲間にしたら、「あら、いい方法がありますよ」。ことに麻のシャツの場合、洗ってからハンガーにそのまま掛け、まだ湿気のある浴室に吊しておくのだという。すると、自然な重みで皺が伸び、とてもいい感じ、つまりふわっと乾き上がると彼女が言う。いいことを教えてもらった、さっそく試してみますねと答えながら、アイロン掛けを手放すのもさみしいなと思った。

風呂敷の衝撃

友だちのうちに遊びにゆくと、居間のテーブルにエスニックな幾何学模様のクロスが掛けてある。たいてい柔らかい薄手の布が掛かっているのに、今日はしっかりと織られた地厚なクロスで、居間の空気が素朴で明るい。雰囲気が変わっていいわねと言うと、彼女はいたずらっぽく笑った。

「ね、いいでしょう。じつはこれ、風呂敷なの」

なるほど、その手があったか。言われてみれば、厚手の木綿生地だから皺にもならず、ざぶざぶ洗濯できる。一枚の四角い布がみずからの可能性を広げている風景を、わたしはとても美しいものとして眺めた。

帰りの地下鉄のなか、ある記憶が飛来した。それは、はじめてのバリ島の旅の記憶だった。あれほど解放感を満喫した旅はない、またいつかあんな爽快な旅をしたいと願ってきたけれど、その理由の一端をさっきの風呂敷が指し示した格好である。バリ島にいるあいだ、わたしは毎日サロンと呼ばれる布を身につけていたのだが、今思い起こしてみると、一枚の布を自分の身体に巻きつけるだけで衣服が成立することが痛快だった。そのおどろきと興奮が、バリ島の旅の解放感をもたらしたのだと気づく。

タイを経由してバリ島に着いた初日、まず買ったものはサロンだった。サロンはインドネシアの正装でもあり、ふだん着でもある。ここでは、地元のひとたちとおなじようにサロンを身につけ、裸足にビーチサンダルが旅の流儀だと思ってのことである。さっそくサロンを売る店に入ると、バティック（ろうけつ染め）やイカット織をはじめ無数の色と柄が溢れているから迷いに迷ったが、とりあえずブルー系とグリーン系のバティックを二枚求めた。ついでに着方を教えてほしいと請うと、のんびり店番をしていたおばさん（もちろんサロン姿である）が、「よしまかせておけ」と椅子から立ち上がり、鏡の前にわたしを立たせた。

スカートなら、腰巻きのようにぴっちり腰に巻きつけ、端を内側にたくしこめばいい。両端を胸の前で交差させて首のうしろで結べばサンドレスになり、水着の上にそのまま巻くだけで格好がつく。幅を折って丈を調節し、胸の上で巻くとチューブドレス……Tシャツとバミューダパンツ姿のわたしをマネキンにして、おばさんは着方をつぎつぎ披露し、一枚の布の機能を何通りも見せてくれた。ほら、ぜんぜん難しくないでしょう。気をつけるとすれば、裾が開くとみっともないから、足首に近いほうを狭く仕上げることくらい。きっちり着れば崩れない、あとは馴れるだけよ。そう言われて路上をゆく女たちを眺めると、ダーツもスナップもボタンもない布なのに身体の曲線や動きにぴたりと添うている。生き物のように一枚の布を従えるバリの女のかっこよさに見惚れた。

急いでホテルに戻り、馴れない手つきでサロンを巻いて外を歩くと、味わったことのない解放感がやってきた。たった一枚の布だからこその爽快感。トランクに詰めてきたリゾートドレスには手も通さず、二枚の布だけで十日間を過ごした。

あのときのぶっちぎりの解放感が、いまも火種となって燃えつづけている。旅支度をするとき、「荷物を減らせ」と虫が騒ぐ。身ひとつで旅に出られるなら、どんなにすかっとするだろう。しかし、旅先で会食の予定などあれば、それらしい洋服と靴を用意しておきたくなり、「おとなの事情」を飲みこむ自分がくやしい。

たった一枚の長方形の布は、衣服になり、敷布や日除けにもなった。洗えばあっというまに乾くから、またすぐ着る——あの繰りかえしがなつかしい。

だからこそ、風呂敷のテーブルクロスに意表を突かれた。じつは偶然にもわたしは、色違いのおなじ風呂敷を持っていたのである。彼女のうちで見かけるまで、それをテーブルクロスに使ってみようと思いついたことは一度もない。だから、テーブルの上にすんなりおさまっている風景に接して衝撃を受けた。そして後日、さらに追い撃ちをかけられた。友だちが斬新な柄のスカートをはいているので、すてきね、と誉めると、「これも風呂敷を仕立てたものなの」。

わたしは、置いてきぼりを食らいながら、一枚の布が凝り固まった頭と身体に酸素を送りこんでくれる心地がした。

あとがき

相変わらず、今日もあたふたしている。こないだも落語を聴きに行ったとき、中入りの時間に公演案内のチラシを読もうとして眼鏡ケースを取りだすと、中身がない。うちに置き忘れてきたことは思い出したけれど、眼鏡がないから字がかすんで判読できない。読む気まんまんだったのに、穴の開いた風船みたいに気分が萎んで悲しかった。小さなことで動揺する。

四十代後半から五十代にかけて、とかく足もとが定まらない自分を持て余してきた。そのたび、こんなはずじゃなかったとうろたえる。老年の兆しに怯えているのだろうか。いや、ただのひよっ子で、中年期にどっさり用意されたギアチェンジの多さ、塩梅のむずかしさに戸惑っているのだ。しかも、敵は意外な角度から攻めてくる。半袖を着たら、肘のあたりがすうすうして冷える。どうやら冷房のせいではないらしい。去年ずいぶん愛用したセーターにしても、今年着ると、あれ？　はっきりとは説明がつかないが、それはセーターのせいではなく、こちらのナニカが変化したからだということはよくわかる。しかし、身辺はすっきりさせておきたい性分なので、（フリでもいいから）事実を受け容れ、次の手を講じる。半袖より七分袖。バルキー編みのセーターは膨張して見えるようになったから避けなくちゃ——いちいち面倒だが、いっぽう、自分の戸惑いや変化をおもしろがりたい気持ちもどこかにある。

ミュージカル映画「オズの魔法使」の劇中歌を、郷愁とともに思い出す。アメリカの田舎町に住む少女ドロシーが歌う「虹の彼方に」。清澄な声は、雲間から射し込む光の向こうにきっと新しい世界があると信じさせてくれた。

虹を渡ったどこか
ずっと高いところに
ひとつの国があると
子守唄で聞いたことがある
虹の彼方にあるその国では
空はどこまでも青く
そこではどんな夢も
きっと叶えられる

初めて聴いたのは十代の頃だったと記憶しているのだが、アメリカで一九三九年に封切られたこの名画をどこで観たのか、なぜか思い出せない。でも、メロディは耳に沁みこんでいるし、歌詞は自分の言葉みたいに親しい。カカシとライオンとブリキの男に守られてオズの魔法使いの国に旅立ってゆくドロシーに、自分を重ね合わせながら思った。"over the rainbow"このすてきな言葉を航海の旗印にしてみたい、と。

ここではないどこかへ。虹の彼方を目指して現実という海を漕ぎつづけるのが人生ならば、その現実はなんと煩雑で人間くさいことだろう。他人に話せば一笑に付される些事でも、こんなはずじゃなかったといううちぐはぐな感情に揺さぶられるお年頃。若い頃は背後に隠れていた自分の弱いところ、嫌なところが前に出てきたような気がして、それも自分を持て余してしまう原因かもしれない。そんなこんな、しょっぱい現実を眺めながら綴った文章を編んだのが、本書である。子育てに翻弄されていたときは、子どもという難物があったからイバラの道を切り拓いた気になれたけれど、中年になってみたら、自分の目前に立ちはだかっているのは自分自身なのだった。着々と増える白髪、突然現れるちりめん皺、しみ、たるみ、くすみ。怖ろしいなあ。ここではないどこかって、これだったのか。若い頃は想像さえできなかった。びっくりする。

白髪をどう受け止めるか、これも女の一大事だろう。わたしの周囲には、白髪を染めるのをやめたとたん、女っぷりがいっそう上がった友だちが何人もいる。あるひとは銀髪、あるひとは白髪と黒い髪がマーブル模様を描いて交じり合い、あるひとはまっ白。みんな、きっぱりとした白髪っぷりが惚れ惚れするほど潔く、うつくしい。しかし、すてきなのは外見だけでなく、白髪という言葉に滲むネガティブな響きをみずから一掃し、せいせいとした表情で風に吹かれている彼女たちの佇まいなのだ。私もずいぶん白髪が増えた。でも、こんなはずじゃなかったという心情を逆手に取れば、虹の彼方にはあらたな展開が待っているのかもしれない。

くわえて、中年の女はなにかと気ぜわしい。老いた親の介護や看病、看取り。または、定年や離職などあらたな局面を経験する連れ合いとどんな関係を築くか。私にしても、いよいよ老境を迎えた両親の今後は重い課題としてのしかかっている。でも、どんな問題でも、結局は自分とどう向き合うかなのだと腰を据えることができるのは、若い頃には持ち合わせなかった遠眼鏡のように思う。

だから、夏の午後には極上の昼寝を貪りたいし、下着の品定めもしたいし、何十年かぶりに観覧車にも乗ってみたい。夜中に腕まくりをしていい匂いを独占したいし、ちんちん電車に乗り込んで知らない街の生活に溶け込んでみたくなる。その結果や意味など考える必要はないのだと思う。そのとき、そのとき、どこかの扉を開ければ、きっと虹の彼方は現れる。ほら、こうして今日までどうにかやってきたのだし。

どうやら女は、扉を開けるたくさんの鍵を手中に握っているみたい。あたふたしていますと言いながら、じつは、鍵の束をじゃらじゃらさせているのは女の年の功だと思えば、痛快な気持ちになってくる。決めた、今日は古いシーツを捨てよう。

文庫版　あとがき

実家の空き部屋は、いまはもうない。

五年前、実家と土地を処分することになった。建ててから半世紀以上の母屋と離れの解体にともなって、大学に進んで以来ずっとそのままになっていたかつての私の部屋も宙に消えた。

九十近い父が心臓や肺の疾患がもとで倒れ、病院のICUに運ばれて入院生活を送ったのち、市内の介護施設に住まいを移して生活することになったのはその一年ほど前である。ひとり暮らしを余儀なくされた母にとって、がらんとした一軒家に暮らす不安や寂しさがふくらんでいるのは誰の目にも明らかだった。廊下を通って洗面所やトイレに行くのにもそれなりの歩数がいるし、洗濯物を干すには、居間から出て濡れ縁、靴脱ぎの石台、二つの段差を踏んで庭に出なければならない。年々歳々、生活の細部に厄介さがまとわりついてゆくなか、老いた両親がふたりで家事を分担し、おたがいに支え合うことでどうにか日常が成立していた現実に直面し、私はうろたえた。しかし、父がふたたび家に戻ってくる可能性はきわめて薄いことを、父自身も家族もみんなわかっていた。

タイミングを逃したら手遅れになってしまうかもしれない。さんざん悩んだすえ、おずおずと、しかし娘としての決意をもって、まず母に提言した。

「そろそろ住まいを小さくして、もっと動きやすくて生活しやすいところに移ったほうがいいと思うのだけれど、どうかしら。みんなこの家に愛着があるから、決断するには時間がかかるかもしれないけれど」

母の反応が予測できないまま、水を向けた。場合によっては説得しなくてはならないかもと身構えていたのだが、意に反して、母の返事はあっさりとしたものだった。

「そうしようか」

ただし、拍子抜けする淡々とした表情とうらはらに語られる言葉には、うっすらとした後悔や苛立ちの翳が複雑に混じっており、わたしを狼狽させた。はじめて聞く話ばかりだった。父と母は、ずいぶん前から一軒家からマンションへの引っ越しを話し合っていたこと。そのために、建物と土地の売却を考えていたこと。しかし、母によれば、「何度か話が進みかけたけれど、お父さんが決め切れなかった」。何年もかけて土地の売却相手を探していたが、つぎの段階に進もうというときになって父が二の足を踏み、そのたびに話が立ち消えになったのだという。父にしてみれば、よりよい条件を求めた結果でもあったと思う。しかし、「決め切れなかった」という言葉に、母の胸の奥にちくりと刺さったままの棘が感じられた。

相づちを打ちながら耳を傾けていると、母がつぶやいた。

「けっきょく、お父さんは自分で買ったこの家に愛着があったし、未練があったから、自分では手放せなかった」

その父の半生が詰まった家をわたしは処分しようとしているのだから、もう何も言えなかった。やっぱり残しておいて欲しいと父は言うだろうか、それとも許してくれるだろうか。ぐらつく気持ちのまま天井を眺めていると、母が言う。

「面倒な役目を負わせて申し訳ないけれど、でも、お父さんはほっとすると思うよ」

本当にほっとしてくれるのかな、お父さんは。すこし救われた気持ちになりながら、視界にちらちら入ってくる柱の傷やら天井の染みが痛さを抱えたなまなましい生命体みたいに動きはじめる。自分が六歳から十八歳まで暮らした家に肩入れする感情を、このときほど強く抱いたことはなかった。

五十年以上も前の忘れられない記憶が、なぜか飛来した。

小学校二年か三年生の頃、わたしは鉄棒の逆上がりができなかった。毎日練習を重ねてもいっこうに上達しない娘を鼓舞したかったのだろう、父が鉄の棒一本と角材二本を買ってきて、庭に穴を掘り起こし、小さな鉄棒台をこしらえた。いま思えば、あれは三十半ばの父にとって、はじめてのDIYに違いなかった。得意げな父をがっかりさせてはいけない。校庭に居残って練習せずにすむようにしてやろうという親心もかたじけなかった。朝晩、懸命に逆上がりの自主練習に取りかかったが、なかなかコツがつかめない。それでも意地になって毎日鉄棒を握っていたら、あるとき突然くるり！　自分の身体が宙をまわった瞬間の途方もない達成感は、いまも誇らしさの残照として胸のなかにある。そういえば、あの鉄棒もいつのまにか消えてしまった。

母と話した翌日、介護施設に暮らす父の部屋を訪ねる足は重かった。考えに考えたすえの決断だったけれど、父が決して口にしてこなかった逡巡や愛着を知ってしまえば、なかなか切り出せない。とりとめもない四方山話を重ねたあと、精いっぱいのさりげなさを装い、思い切って話題を変える。母にとって過ごしやすい、あらたな住まいの必要が切羽詰まっていること。家と土地を売却してはどうだろうと考えていること。

ひとしきり黙って聞いていた父が、話を引き取った。

「そうか。言うとおり、そのほうがええかもしれんなあ。お母さんも、あの家にひとりじゃあなあ、そりゃあ住みにくいと思う」

一語ずつ、背中を丸めて部屋のベッドに腰掛け、軽くこぶしを握った手を膝に置いた父が自分に言い聞かせるように言う。でも、お父さんの希望があったら、何かほかの手を考えることだってできるんだよ。

「いやいや、それでいい。任せてしもうて申し訳ないなあ。よろしく頼みます」

わたしは「はい」と応えながら頭を下げ、涙は見せてはいけないと歯を食いしばった。

怒濤の日々の始まりだった。数日置きに電話やファクスやメールで送られてくる不動産業者の連絡、売値の交渉、銀行とのやりとり、売買契約、土地の測量、近隣への挨拶、家財道具の片づけや処分、母の引っ越し先の準備や手続き……長女の役目を果たすべきときだと腹を据えたものの、つぎからつぎに押し寄せてくる案件の波に溺れかけ、たびたび気持ちも折れかけた。それでも、転がりはじめた石はどうにか進んでいくものらしい。七、八ヶ月後、すべてに片がついたときの安堵は、そう、ついに鉄棒の逆上がりができたときの達成感にも似ていた。

ぶじに家を明け渡しました、万事終わったと報告するまで、父のほうからこの話題に触れてくることも、進捗状況を訊かれることも、一度もなかった。すべてが片づいたあと、ひと言だけ「そうか。終わったか。手間をかけてすまなかったなあ」。すこし震えていた細い声の語尾の寄る辺なさは、いまも私の耳の奥にある。

その父も三年前、九十二歳まで生きて亡くなった。母はいまもひとり暮らしを続けている。

ときどき実家の空き部屋のことを思い出す。板張りの床。壁に刺したままの画鋲。古ぼけた勉強机。スプリングの壊れた椅子。色褪せた青い布生地の壁紙。ガラス窓から見下ろした木蓮の木。なつかしいというのでもなく、恋しいというのでもない。かつて大切にしていた場所があった、その確かさを掌のなかの艶やかな丸い貴石として握りしめると、五十代を終えたいま、もう少しがんばれそうな気がしてくる。

文庫化にあたって、三人の方々とお仕事をともにすることができたのは望外の幸せだった。文春文庫の担当編集者、児玉藍さん。デザイン部の大久保明子さん。カバー画は、画家、平松麻さんによる。お三方の力を得て、あらたに『下着の捨てどき』と題した一冊が生まれることになった。心から御礼を申し上げます。

二〇二一年一月　著者

本文デザイン　大久保明子
ＤＴＰ制作　エヴリ・シンク

・P.171モンベル　恵比寿店
東京都渋谷区恵比寿1－8－12
キュープラザ恵比寿1階・2階
・P.190歌詞引用「虹の彼方に」
作詞／エドガー・イップ・ハーバーグ
作曲／ハロルド・アーレン
・本文中に登場する価格は、取材当時のものです

文春文庫

下着《したぎ》の捨《す》てどき

定価はカバーに
表示してあります

2021年2月10日　第1刷
2022年6月15日　第3刷

著　者　平《ひら》松《まつ》洋《よう》子《こ》
発行者　花田朋子
発行所　株式会社 文藝春秋

東京都千代田区紀尾井町3-23　〒102-8008
TEL 03・3265・1211㈹
文藝春秋ホームページ　http://www.bunshun.co.jp

落丁、乱丁本は、お手数ですが小社製作部宛お送り下さい。送料小社負担でお取替致します。

印刷・図書印刷　製本・加藤製本

Printed in Japan
ISBN978-4-16-791647-3

（　）内は解説者。品切の節はご容赦下さい。

石井好子・水森亜土
料理の絵本　完全版

シャンソン歌手にして名エッセイストの石井好子さんの絶品レシピに、老若男女の心をわしづかみにする亜土ちゃんのキュートなイラスト。卵、ご飯、サラダ、ポテトで、さあ作りましょう！

い-10-3

石井好子
パリ仕込みお料理ノート

とろとろのチーズトーストにじっくり煮込んだシチュー……パリで「食いしん坊」に目覚めた著者の、世界中の音楽の友人と、忘れがたいお料理に関する美味しいエッセイ。（朝吹真理子）

い-10-4

海老沢泰久
美味礼讃

彼以前は西洋料理だった。彼がほんもののフランス料理をもたらした。その男、辻静雄の半生を描く伝記小説——世界的な料理研究家辻静雄は平成五年惜しまれて逝った。（向井　敏）

え-4-4

小倉明彦
実況・料理生物学

「焼豚には前と後ろがある」「牛乳はなぜ白い？」など食べ物に対する疑問を科学的に説明するだけでなく、実際に学生と一緒に料理をして学ぶ、阪大の名物講義をまとめた面白科学本。

お-70-1

姜　尚美
何度でも食べたい。あんこの本

京都、大阪、東京……各地で愛されるあんこ菓子と、それを支える職人達の物語。名店ガイドとしても必携。7年半分の「あんこ日記」も収録し、東アジアあんこ旅も開始！（横尾忠則）

か-76-1

季刊「新そば」編
そばと私

半世紀以上の歴史を誇る「新そば」に掲載された「そば随筆」の中から67編を集める。秋山徳蔵、赤塚不二夫、永井龍男、若尾文子など、日本を代表する人々のそば愛香る決定版。

き-43-1

里見真三
すきやばし次郎　旬を握る

前代未聞！　パリの一流紙が「世界のレストラン十傑」に挙げた江戸前握りの名店の仕事をカラー写真を駆使して徹底追究。本邦初公開の近海本マグロ断面をはじめ、思わず唸らされる。

さ-35-1

（　）内は解説者。品切の節はご容赦下さい。

高山なおみ
帰ってから、お腹がすいてもいいようにと思ったのだ。
高山なおみが本格的な「料理家」になる途中のサナギのようなころの、落ち着かなさ、不安さえ見え隠れする淡い心持ちを綴ったエッセイ集。なにげない出来事が心を揺るがす。（原田郁子）
た-71-1

高野秀行
辺境メシ
ヤバそうだから食べてみた
カエルの子宮、猿の脳みそ、ゴリラ肉、胎盤餃子……。未知なる「珍食」を求めて、世界を東へ西へ。辺境探検の第一人者である著者が綴った、抱腹絶倒エッセイ！（サラーム海上）
た-105-1

徳永　圭
ボナペティ！
臆病なシェフと運命のボルシチ
仕事に行き詰った佳恵はある時、臆病ながら腕の立つシェフ見習いの健司と知り合う。仲間の手も借り一念発起してビストロ開店にこぎつけるが次々とトラブルが発生!?　文庫書き下ろし。
と-32-1

中原一歩
小林カツ代伝
私が死んでもレシピは残る
戦後を代表する料理研究家・小林カツ代。「家庭料理のカリスマ」と称された天性の舌はどのように培われたのか。時代を超えて愛される伝説のレシピと共に描く傑作評伝。（山本益博）
な-81-1

西　加奈子
ごはんぐるり
カイロの卵かけごはんの記憶、「アメちゃん選び」は大阪の遺伝子、ひとり寿司へ挑戦、夢は男子校寮母…幸せな食オンチの美味しオカしい食エッセイ。竹花いち子氏との対談収録。

に-22-4

林　望
イギリスはおいしい
まずいハズのイギリスは美味であった!?　嘘だと思うならご覧あれ――イギリス料理を語りつつ、イギリス文化の香りも味わえる日本エッセイスト・クラブ賞受賞作。文庫版新レセピ付き。

は-14-2

平松洋子
忙しい日でも、おなかは空く。
うちに小さなごちそうがある。それだけで、今日も頑張れる気がした。梅干し番茶、ちぎりかまぼこ……せわしない毎日にもじんわりと沁みる、49皿のエッセイ。（よしもとばなな）
ひ-20-2

（　）内は解説者。品切の節はご容赦下さい。

平松洋子　画・谷口ジロー
サンドウィッチは銀座で
春は山菜、夏はうなぎ、秋は座敷で鍋を囲み、冬は山荘で熊料理！　飽くなき好奇心と胃袋で〝いまの味〟を探し求めた絶品エッセイと、谷口ジローによる漫画のおいしい競演。

ひ-20-3

平松洋子　画・谷口ジロー
ステーキを下町で
豚丼のルーツを探して帯広へ飛び、震災から復活した三陸鉄道うに弁当に泣き、東京下町では特大ステーキに舌鼓を打つ。かけがえのない味を求め、北から南まで食べ歩き。（江　弘毅）
ひ-20-4

平松洋子　画・安西水丸
ひさしぶりの海苔弁
このおいしさはなんですか。新幹線で食べる海苔弁の魅力、油揚げが人格者である理由、かまぼこ板の美学。食を愉しみ、食を哲学する名エッセイ。安西水丸画伯のイラストも多数収録。

ひ-20-6

平松洋子　画・安西水丸
あじフライを有楽町で
由緒正しき牛鍋屋、鯨の食べ比べに悶絶、パリのにんじんサラダの深さと濃さ。どこまでも美味しい世界にご招待！「週刊文春」の人気連載をまとめた文庫オリジナル。（戌井昭人）
ひ-20-7

平松洋子　画・下田昌克
肉まんを新大阪で
「ぶたまん」の響きは、聞いたそばから耳がとろけそう――うれしい時もかなしい時も読めば食欲が湧いてくる週刊文春の人気エッセイ76篇を収録した文庫オリジナル。（伊藤比呂美）
ひ-20-8

平松洋子
食べる私
食べ物について語れば、人間の核心が見えてくる。デーブ・スペクター、ギャル曽根、田部井淳子、宇能鴻一郎、渡部建、樹木希林など29人と平松洋子による豊かな対話集。（岩下尚史）
ひ-20-9

平松洋子　画・下田昌克
かきバターを神田で
冬の煮卵、かきバター焼定食、山形の肉そば、ひな鳥の素揚げ、ちぎりトマトにニッキコーヒー。世の中の美味しいモノを伝え悶絶させてくれる人気エッセイ、文庫オリジナル。（堂場瞬一）
ひ-20-10

（　）内は解説者。品切の節はご容赦下さい。

平松洋子　画・下田昌克

すき焼きを浅草で

夏の一日、浅草の老舗店に誘われすき焼きの至福を味わう。高知の日曜市で可愛い田舎寿司、伝説のカクテル「雪国」は山形で。美味しい大人気エッセイ第7弾。（姫野カオルコ）

ひ-20-11

穂村　弘

君がいない夜のごはん

料理ができず味音痴……という穂村さんが日常の中に見出した「かっこいいおにぎり」や「逆ソムリエ」。独特の感性で綴る「食べ物」に関する58編は噴き出し注意！（本上まなみ）

ほ-13-4

村松友視

銀座の喫茶店ものがたり

日本の喫茶店文化には独特のものがある。銀座の喫茶店には更に違う何かがある。45の喫茶店を巡り、ふところ深い町の歴史とものがたりを浮かび上がらせる上質なエッセイ集。（名取裕子）

む-3-4

森下典子

いとしいたべもの

できたてオムライスにケチャップをかけて一口食べた瞬間、懐かしい記憶が甦る――たべものの味には、思い出という薬味がついている。絵と共に綴られた23品の美味しいエッセイ集。

も-27-1

森下典子

こいしいたべもの

母手作りの甘いホットケーキなど、味の記憶をたどると胸いっぱいになった事はありませんか？　心が温まる22品の美味しいカラーイラストエッセイ集。『いとしいたべもの』続編！

も-27-2

米原万里

旅行者の朝食

ロシアのヘンテコな缶詰から幻のトルコ蜜飴まで、古今東西の美味珍味について薀蓄を傾ける、著者初めてのグルメ・エッセイ集。人は「食べるためにこそ生きる」べし！（東海林さだお）

よ-21-2

文藝春秋　編

もの食う話

物を食べることには大いなる神秘と驚異が潜んでいる。荷風、百閒、澁澤龍彥、吉行淳之介、筒井康隆ほか、食にまつわる不安と喜び、恐怖と快楽を表現した傑作の数々を収録。（堀切直人）

編-5-10

（　）内は解説者。品切の節はご容赦下さい。

平松洋子
下着の捨てどき
夜中につまみ食いする牛すじ煮込みの背徳感。眉の毛一本の塩梅。すごく着たいのに似合わない服……誰の身にもおとずれる人生後半、ゆらぎがちな心身にあたたかく寄り添うエッセイ集。
ひ-20-12

東山彰良
ありきたりの痛み
幼いころ過ごした台湾の原風景、直木賞受賞作のモデルになった祖父の思い出、サラリーマン時代の愚かな喧嘩、そして愛する本と音楽と映画のこと――作家の魂に触れるエッセイ集。
ひ-27-1

藤沢周平
帰省
創作秘話、故郷への想い、日々の暮らし、「作家」という人種について――没後十一年を経て編まれた書に、新たに発見された八篇を追加。藤沢周平の真髄に迫りうる最後のエッセイ集。
ふ-1-50

遠藤展子
藤沢周平　父の周辺
「オバQ音頭」に誘われていった夏の盆踊り、公園でブランコを押してもらった思い出……「この父の娘に生まれてよかった」という愛娘が、作家・藤沢周平と暮した日々を綴る。（杉本章子）
ふ-1-91

遠藤展子
藤沢周平 遺された手帳
娘の誕生、先妻の死、鬱屈を抱えながら小説に向き合う日々――「藤沢周平」になる迄の足跡を、遺された手帳から愛娘が読み解く。文庫化に際し貴重な写真を数枚追加。（後藤正治）
ふ-1-97

福岡伸一
ルリボシカミキリの青
福岡ハカセができるまで
花粉症は「非寛容」、コラーゲンは「気のせい食品」？　生物学者・福岡ハカセが最先端の生命科学から教育論まで明晰、軽妙に語る。意外な気づきが満載のエッセイ集。（阿川佐和子）
ふ-33-1

福岡伸一
生命と記憶のパラドクス
福岡ハカセ、66の小さな発見
〝記憶〟とは一体、何なのか。働きバチは不幸か。進化に目的はないのか。福岡ハカセが明かす生命の神秘に、好奇心を心地よく刺激される「週刊文春」人気連載第二弾。（劇団ひとり）
ふ-33-2

（　）内は解説者。品切の節はご容赦下さい。

福岡伸一
やわらかな生命
福岡ハカセの芸術と科学をつなぐ旅
可変性と柔軟性が生命の本質。福岡ハカセの話題も生命と同様、八方へ柔軟に拡がる。貴方も一緒に、森羅万象を巡る旅に出かけよう。「週刊文春」連載エッセイ文庫版第三弾。（住吉美紀）
ふ-33-3

福岡伸一
変わらないために変わり続ける
福岡ハカセのマンハッタン紀行
福岡ハカセが若き日を過ごしたニューヨークの大学に、再び留学する。そこで出会う最先端の科学を紹介、文化と芸術を語る。科学も世界もつねに変化していく。（隈　研吾）
ふ-33-4

藤原美子
藤原家のたからもの
義父・新田次郎愛用のリュックサック、結婚後イギリスでもらったラブレターと夫・藤原正彦氏の想定外の反応……。捨てられないものたちが語りかけてくる人生の妙味、家族の記憶。
ふ-34-2

穂村　弘
にょっ記
俗世間をイノセントに旅する歌人・穂村弘が形而下から形而上まで言葉を往還させつつ綴った『現実日記』。フジモトマサルのひとこまマンガ、長嶋有・名久井直子の「偽ょっ記」収録。
ほ-13-1

穂村　弘
にょにょっ記
奈良の鹿を見習って、他の県でも一種類ずつ動物を放し飼いにしたらどうだろう？　歌人・穂村弘の不思議でファニーな世界へようこそ。フジモトマサルのイラストも満載。（西　加奈子）
ほ-13-2

穂村　弘・フジモトマサル
にょにょにょっ記
妄想と詩想の間を往来する穂村弘の文章とフジモトマサルのシュールなイラストの奇跡のコラボ。気がつくとあなたは日常の裏側を散歩中。単行本未収録分も増補したシリーズ最終巻。
ほ-13-3

穂村　弘
君がいない夜のごはん
料理ができず味音痴……という穂村さんが日常の中に見出した「かっこいいおにぎり」や「逆ソムリエ」。独特の感性で綴る「食べ物」に関する58編は噴き出し注意！（本上まなみ）
ほ-13-4